ブルジョア・結核患者

Kojiro SeriZawa

芹沢光治良

P+D BOOKS
小学館

目次

ブルジョア――――――5
結核患者（或るコンポジシオン）――――――77
昼寝している夫――――――147
椅子を探す――――――185
橋の手前――――――213
颪　迹――――――243

ブルジョア

これも崩滅する階級の一態である。

租税の大半を、軍備に奪われない国民は、仕合せである。

1

「スイスは夢の国です」

「この世の天国です」

この言葉は、肺結核の夫の転地に従って、パリを去る時には、フランス人に独特なお世辞だった。山、湖、空、光、色、総て、スイスに来てからは天国のものだった。しかしフランス人達の聞かせてくれた言葉が単なる慰安でもなく、景色について言ったことでもないと、一年暮して、ようやく沢夫人には解って来た。

海洋に浮べる艦《ふね》の代りに、雲を凌《しの》ぐ山々にまで軌道を敷いている。兵営内で空しく消耗される若い生産力は、アルプスに自動車用のアスファルト道を拓《ひら》くに費《つか》う方がましである。人を殺すことに専心するよりも、単なる娯楽であり、贅沢《リュクス》に終るものでも、人間生活を豊かにしようと努力することが、どんなに良いことか、夫人はぼんやりと、戦争を心配せずにいられる国の幸福を、日常生活のどんな場合にも知らされる。

雪になりそうなので、急いで買物をまとめてから、普段のように駅前の、レストラン・モン・

ブランで、登山電車を待った。軒下の歩道の椅子に掛けたが、ストーブに寄らなくとも寒くはなかった。そこから仰げば、夫の待っているコーは、千八百メートルで、雲にかくれているが、下のグリヨンの別荘は、雪の中に点々と見える。レマン湖畔から絶壁のようなその山頂に、一直線に登る軌道を眺めると、山と闘うこの国民の歴史が、最近読んだばかりなので、一層偲《しの》ばれる。

　こんな地図が、レストランの壁にかかっている。

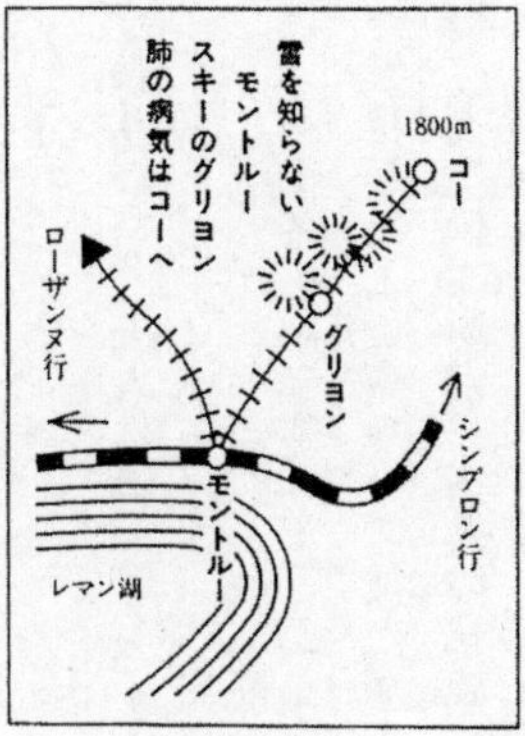

「結核都市コー、全快率八十三パーセント」

「肺を病む者は山岳へ行け」

「来る十二月一日、グリヨンに於ける国際スキー大会」

こうしたポスターが、停留所の前で、低い空に圧《おさ》えられている。絵ハガキ屋のキオスクの下に小馬が頸《くび》を垂れて、鞭《むち》を挙げている老人と、古い車と一緒に、誤ってこんな所に下車するお客を待っている。「紫の恋」と赤く染めた本屋の横に、レマン湖が黒くはみ出て、ション獄城のドームの腹を半分のぞかせている。

冬の避暑地は頼りない。夫人はチョコレートの上に張る皮のことも気にかけずに電車を待った。

午後の二時はスキー客を山に連れて行かない。上等車には四十位の紳士が一人いた。よく山で会うが、まだ挨拶したこともない。彼が病人の家族であることは、初めて会った時に感じた。夫人は電車で会う人を皆、病人、病人の家族、全く肺病に関係ない者、と識別する感覚を持っていた。そして胸の病気に関係ある人には、親しみに似た気持を抱く。空いた車を選んで、紳士の隣席を取ったが、彼も夫人に目礼した。

車がよじれば、上には風がある。山を包む雲は霧だ。雲を分け入ればやがて霧は小雪となっている。雪を風に投げつけられながら進む車体は、急な傾斜だ。夫人は読みかけの日本書を止めて、鉄柵を握った。しかし隣から寄りかかって来る紳士の体は重い。その重みは自然の力だけのものではなかったが、夫人は黙って、落葉松《からまつ》の黒い幹にからみかかる小雪を窓越しに見ていた。

「ごめん下さい」

思い切って、フランス語で放って、夫人は体をよけた。

「大変な雪になりまして、これではコーは大変でしょうな」

同じ言葉で自然に答える彼は、夫人の意味が解らないような眼を向けた。夫人はそのアクセントで、彼がフランス人であることが解ったが、その眼にフランス人独特の温良さが読めた。

夫人はわけもなく赤くなって黙っていた。次の勾配《こうばい》で再び重い紳士の肉体が、ずれ下って小さい躯《からだ》に支えられるようになったが、夫人は、緊張して無理に抵抗することを止めて、その頑丈なからだを頼もしく見た。

「貴方《あなた》は『エスポアール（希望）』にいられる日本人でしょう？」

「ご主人の病気はどうです。遠く外国で病気しては大変でしょう。ご同情します」

「三年もパリでお暮しですか。やはりパリの空気がいけなかったのですね」

このくらいの親切は、どんなフランス人の口からも出るのであるが、それが夫人には初めて聞く慰めの言葉に感じられた。

「奥《マダム》さまがお悪いのですか。グランドテルの浴光療法というのは、本当に成績が良いのでしょうか？」

頼れる者のように、こんな質問をするまでに、夫人は打ちとけて話し合って、グリヨンを過ぎて、コーに近くなったのも気付かなかった。

手提げの中から雪靴を出して、積雪が一メートルもある道を、療養所に辿《たど》る用意をした。彼は夫人の買物をさげて、「希望《エスポアール》」の岐《わか》れ路まで送ってくれた。夫人は手袋を通して暖かな握手や、眼に読める愛情を嬉しいことに感じて、「希望《エスポアール》」に帰った。

「希望《エスポアール》」は雪の中の宮殿だ。

死の宣言を受けて、欧州各地から集まる肺結核患者は、この宮殿の門に金文字に輝く希望《エスポアール》を、第一に捕えなくてはならない。南向きに、太陽と空気とを十分に受けられるように、四百の部屋が、上下左右に重なりあって、死の応接間を作り、そのどれもが物語の主人公を容《い》れている。誰でもその一人を語れば、ジードの傑作となり、ケッセルの「捕われた人」となる。我々の沢夫妻も、この四階百二十一、二十二号にいるのである。各部屋に、キュールと言って、ベランダに似た部屋が付属して、其処《そこ》に寝椅子を出し病人は終日外気を呼吸する。（この外気の中に横臥《おうが》する療法を又キュールと言うが）

沢は毛布に包まれて、頸を出して寝ていたが、登山電車の音を聞いて、胸近くまで積った粉雪を払って起き上った。もう間もなく四時なので、その日の午後のキュールも終ろうとしていた。

「私、とうとうフォーコンネさんと話してしまったわ」

夫人は転げ込むように入って来て、車の中で会った彼のことを、先《ま》ず話した。二人は散歩の途中何度も会って、ソルボンヌ大学教授に似ている彼をそう呼んでいるのである。

「私達のことを、それはよく知っているので驚いてしまった……」

外套や帽子を脱ぎながら、夫人は彼のことを続けた。

「奥さんが悪いんですって、やはり。グランドテルの浴光療法は、咽喉《のど》と腸の結核には驚く程良いが、肺には却ってよくないとか言ってましたわ……

貴方、何か慍《おこ》っているの。黙りこくって。キュールの時間は終ったでしょう?」

キュールと部屋との会話が、たとえ四時を過ぎても、他の患者のキュールを妨げそうな気もし、かとて、部屋に入ってしまうのは早いので、沢は聞き手になっていた。一ヵ月一回、銀行に下りて行く妻は、色々麓《ふもと》のモントルーで見たことを、細大漏らさず、本屋のショーウィンドーの中から、レストラン・モン・ブランのお客の数まで、話すのが常であり、そうして聞いていることが、沢にも楽しいことである。

夫人はキュールの夫の横の椅子に掛けたが、その時、健康なフランス人に無関心でおれない自分を、覗いたような気もして、話題をそのまま追えなかった。

「熱はなかった?」

「六度七分(平温)。お前、キュールでそんな薄衣《うすぎ》でいては大変だよ」

キュールは零下十度。病む肺臓に凍った空気は良くても、外套のない夫人の肌には厳し過ぎる。しかし夫人の心は急に曇って、脚下に瞰《み》える雲の波を、ぼんやりと渡って行った。

午後のキュールの安静時間が過ぎて、「希望《エスポアール》」には生気が走った。上の百七十号からは、単調な手風琴の嘆きが、隣の百二十号からは、私語《ささやき》を伴うすすり泣きが、沢夫人の胸を撫《な》でる。

ラジオの音、蓄音機のジャズ、スキーへの誘い合い、叫び、夫人はどうかしたくて、どうにもならなかった。自然にもり上る泪《なみだ》を、腹立たしくて耐えようとするが、力のないおなかの置き処がなかった。

「私、近頃よほど、どうかしてしまった」

そう言い残して部屋に去った。

スイスは要塞の代りに、結核都市を建設して、文明病と闘う多くの軍人——医師——を養成している。レーザン、ダボス、コーの名は、ベルダン※の名の如く欧州人には、知れ渡っている。兵営が生命である田舎町、コーもそれだ。毎年各地から集まる若者、それが結核菌の培養者であり、闘病的訓練をすることが違うだけである。五大私設サナトリウム、七大公設療養所、無数のホテルと貸別荘、そこに六千人ばかりの患者が滞在している。そして各派の教会は、墓場を開いて落伍者を待つ。

沢夫人は、グランドテルの横から、カトリック教会前の坂を降りて、商業区に出ようとしている。夫は雪がちらつくからと一緒に出なかったが、その雪も止み、下の雲の波から、グリヨンの屋根や、湖の断片が飛び出して来た。

「一緒に来ればよかった」

モントルーに行ってから五日、吹雪は昼夜療養所を廻った。病人も看護人も、冬の宮殿を散

※フランス北東部の都市。

歩するので諦めていた。その間に沢は、長く躊躇《ためら》っていたプヌモと言う外科的療治法を始めた。悪い左肺の胸壁と肺臓の間に、空気を送って、肺臓の活動を弱め、これに依って病菌を絶やそうとした。二回だけで熱も下り、気持よくなったと言うが、長く看病してこの病気の根強さを知っているので、この坂道を登る疲労の程度を見たくなった。

山に来て一年、徐々に恢復《かいふく》することは、医者の説明、熱の赤線の下降、体重表の上向きなどよりも、坂道の苦痛の度で最も易く計られる。

教会前の坂を登るに、一年前には杖を持って五回休んだ。四回、三回、二回となるに従い、スイスを去って、パリへ、そして日本へ帰る日が近づくと、夫人は待った。緩《ゆっく》り登れば、一回で足りるようになったのは一カ月前、その時から、休まず登れたらということが、夫人の欲となり願いとなった。

プヌモは、現代の医術でなし得る最も有効な肺病療法であることを思い、その上二回とも希望の空気量を送射し得たことを考えると、この坂を杖なしに登る日も近いであろうと、想像しながら、薬屋の横から花屋の前を曲ろうとした。その時、花屋から突然健康な紳士が飛び出して、夫人に突き当った。二人は無器用に立ち止り、驚いたように手を出した。夫人は握られた手を引っ込めると、黙って並んで歩き出した。

「あの花屋の主人は、『希望《エスポアール》』にも行くでしょう。有名なパリのオペラのバスの歌手《うたいて》でしたが、戦争中に毒ガスで咽喉をやられ、声が出なくなったのです。毎日蓄音機で自分の声を偲んでいます」

「そらこの写真機屋も、毒ガス組です。細君と一緒にフランスから来ましたが、看護中に細君がやられ、さんざん虐待して、半年ばかり前に死んでしまいましたが、先生近頃、毎朝、日課のように墓詣りしていますよ」

「プヌモは本当に良い療法ですの？」

夫人はこのフランス人にもそれを問いたかった。

「片方の病人には、九十パーセントの全快率を示していますよ。空気さえ入って行けば成功です」

「でも、その肺臓は機能を失うそうですね」

「肺は一方の四分の一あれば、生きて行けますよ」

彼は色々の例を引いて夫人を励ました。その言葉は嘘ではない。プヌモさえ成功すれば――、これこそ総ての患者の唯一の願いであり、プヌモの成功、不成功が、生死の分岐点である。

彼はその妻が、プヌモを行なったが、昔肋膜《ろくまく》をしたためであろう、空気が胸部に入らないで、止むなく、フレニコと言って、頸筋を切り、横隔膜を上げて、病肺の活動を弱めようとする手術を、行わねばならないとも話した。どんなに愛し合っているか、どんなことをしても助けねばならないことなども話した。

「私達は結婚して七年、子供も、親も友もいらず、唯二人で充ち足りていました。幸福はそのまま円く転げて行くものと信じておりましたのに。私は仕事もなげて、ニーム（南仏の古都）

を棄てて来ましたが、いつになったら帰れますか」

二人は自然に街を出て、落葉松の林の中の広い路に出ていた。アルプスはレマン湖を越えて、白い空に薄く滲《にじ》んで見える。夫人は白い外套を、重そうにして、何度もつまずき支えられ、優しい男の愛撫に、恋を囁かれるような思いで、その男の妻に対する愛を聞いた。林を抜けると、公衆病院の患者に踏みかためられた雪道に出たが、柔らかく膝を没することもあって、その度に、夫人は男の腕に犇《ひし》と摑《つか》まえられた。このまま黙って道を辿るのに不安を感じなかったが、二人は「悪魔の穴」から、アルプスに背を向けて引き返した。


病人は窓を開け放って眠る。外気はキュールを越えて部屋を凍らせ、スチームの管をも氷にする時がある。昼から晴れたその夜は、月が雪を滑って部屋にも流れ込んだ。毛布で包んだ軀を寝台の上に起すと、広い窓が澄んだ空を額縁に張っている。物の凍る音が響く。こんな夜、沢は眠れないが、薬で眠りを招かず、物思いに頭を委せておく。こんな風にしていつしか眠ったものであろう、突然物音に覚めた。部屋は浴室を中にして妻のと通じているが、人の気配がするので上半身を起すと、浴室の戸を背に、パジャマの妻が立っていた。

「どうかしたの?」

沢の言葉は冷たかった。眠りを破られる翌日の疲労が、直ちに計算されるのである。妻は黙ったままつくづく夫を眺めている。夫の腕に抱かれたかった。優しい言葉が聞きたかった。

その夫の心が解ると、むやみに腹が立った。耐えられない怒りが心臓で唸《うな》った。一言でも口を開けば、怒りが燃え出しそうになった。

「今何時？」

「寒いし早くお休み」

夫人はすうと消えた。

これは一瞬間に終った出来事で、沢は悪夢に襲われたのではないかと思った。病気以来、沢夫妻は兄妹の生活をした。力を闘病に備えるために、あらゆるものが犠牲になった。生きようと念《おも》う故に、妻を妹と見るのに、苦痛も不自然も感じなかった。それに妻から、——子供までパリに残して来て看護に骨を砕く妻から、誘惑さえ感じなかった。妻は妻で妹となり切っていた。それだものを、その夜のことも、弱った身体の錯覚だと思いなしてしまった。

沢夫人はキリスト教徒ではないが、日曜日のミサには、よくカトリック教会に出かけた。祈りたいというよりも、健康な雰囲気が欲しかった。大オルガンの音も、合唱も、元気な説教も、皆病気から縁が遠かった。結婚の鐘が鳴ればいつも、スポーツに出掛けるように教会に来た。

午後のミサが終って、教会を出て来ると、四十か五十か年齢のよく判断のつかない婦人が、直ぐ後を追って来た。黒い着物に黒い帽子、しかも型は戦前のもので、お伽噺《とぎばなし》の魔法使いの媼《ばあ》さんに似て、黒い鋭角の目を放さない。

「私に従いなさい」

沢夫人の横から、だしぬけに威厳をもった調子で言う。教会前は一本道で、その命令に従うより外はない。薬屋の曲り角で媼さんは、夫人の選ぶべき道を取った。雑貨商の前を右にすれば、「希望《エスポアール》」に一本道であるのに、フラフラと左に従ってしまった。真直ぐに再び左に下れば、一団の商業区だ。兵隊さんが日曜日一日、兵営内の憂《う》さをはらす区が、兵営から近くなく遠くない処にあるものだ。

「奥さん、貴方の求めるものを知っています」

その言葉は魔法のように夫人の躯を慄《ふる》わせた。

「沢山です」

夫人は一目散に来た道を帰った。息もつけず滑る雪靴に力して、ステッキを折ってしまった。走った。漸く四辻《よつつじ》に着いて見ると、一間と離れぬ所にその老婆は立っていた。

「うせろ!」

夫人は叫んだ。

「奥さん、貴方が何を求めているか知っていますよ。ご用の時は教会で待っています」

この台詞《せりふ》を後ろに聞きながら夫人は息を切らした。

午後二時から四時までは結核都市に独特な二時間だ。患者は例外なしにサナ(サナトリウム)、ホテル、別荘のキュールに出て、寝椅子で絶対安静の闘病だ。読むべからず、書くなかれ、物を思わず、口を開かず、見ず——これこそ軍隊式な規則だ。療養所はエレベーターもとまり、一切の音響を殺す。街では自動車もガレージにおさめ、静粛を守る。皆六千人の命懸けの真剣勝負を援けるのである。従って、沢夫人が老婆に捕まった時には、散歩の人もなく(この時刻に出歩ける人は健康者だけだが)、街は雪にまどろんでいた。

「希望《エスポアール》」に転げ込んだ時は、四時過ぎて活気づき、エレベーター前の広間《サロン》には、数人の患者がラジオをかこんで、ミラノを聞こうか、ウィーンか、パリか争っていた。その横には既にトランプに賭けている一団があった。

「私もう教会に行くのは止めにしますわ」

キュールで読書している夫に言った。

「帰りにこちらに登って来るのが、私一人でしょう、寂しいったらないのよ」

上のキュールからは、手風琴の音が、迫るようにする。

「厭ね、又あの音。部屋を変りましょうか。毎日で助かりませんもの」

「少し根気負けがするな。今日はキュールの間も止めないんで、とうとう苦情が出てしまった」

「医局の方でどうして黙っているんでしょう」

「神経衰弱で、止めさせたら熱が昇るし……それに病気もよくないらしいから」

「イタリアに帰りたいんでしょうね」

「碧《あお》い海が見たいと泣くのだそうだ」

「ああ、私も日本を見たいわ。子供も……」

夫人は余り不幸過ぎる自分が悲しくなった。

「子供の処へ電話を掛けて元気をお出し」

やっと歩けた女の子、託児所の赤ん坊達、日本の家庭、今日会った老婆……熱い目を閉じても映る。沢も黙って、本を閉じ、同じようにキュールの長椅子にかけた妻を見ていた。突然上から叫び声がして、二人は椅子に起き上った。風琴の音はなかった。廊下を走る音、階段を下りる音、エレベーターを呼ぶ鈴《ベル》、「希望《エスポアール》」は火事場のようになった。沢夫妻は黙って顔を見合せたが、直ぐに風琴のイタリア人が身投げしたことを知ったけれど、立ち上りも、口を開きもしなかった。

死人は夜明け前に山を下りて行く。残る人々に悪い影響を与えない注意だ。イタリア人が外科室に運ばれてから、その後の経過は知る人もなく、知ろうとする者もなかった。が、風琴の音は、多くの人々の心に虚空《こくう》を掘って行った。そして雪の日が続いた。

沢夫人はそれでも出掛けなくてはならなかった。フランス語の勉強、裁縫の稽古……夕べが早く、三時には粉雪が、道路の電燈に映る。そして、会う婦人の服装が皆黒く見える。

「貴方の求めていることを知っていますよ」

どの婦人からも言われそうな気がした。急いでも雪道は遠く、杖を二本持ってさえ出て歩いた。そんな時、例のフランス人に出会うのは嬉しかった。識《し》らずに元気になる。毎日会いそうな希望を持って外出し、会えば輝かしい気分を沢にも齎《もたら》した。

「あの人の奥さんは可哀想ね。手術したが、左肺には心臓の重みが加わるので、予期した程横隔膜が昇って来ないのですって。それで、トラリコと言って、左の肋骨《ろっこつ》を切り取って、肺を抜き去る手術をするのですって……」

「大変ですね。それで近頃サノクリジーヌ、そら、金の注射と言ってるでしょう、あれが大変効果のある事が解ったし、大流行であるから、一時その注射で様子を見ることにするかも知れないとも言っていましたが……」

「貴方のプヌモですと、来年の三月頃には、山を下りられるって言うんですよ。近いうちに会ってご覧なさいね。三時間も散歩を許されたんですから……そうそう、社会主義の代議士でクローデルという人ね。あの人の伯父さんですって」

「それから、ニームは一度見る価値があるから、日本に帰る前に、二人で家へ来いなんて……」

「なかなか面白そうな人だな」

沢も機嫌よく未知の人に親しみを感じて聞いた。

クリスマスに近い日曜日であった。久振りに太陽が雪の上に燃えて、二人は散歩に出た。皆鮮やかな日傘をさして、声を張り上げて通った。朝の散歩はお祭りのように快かった。

「希望《エスポアール》」の裏山に路をとる習慣を変えて、グランドテルの方向に、広い路を下って、そのフランス人に会う機会を作ったが、規定の二時間を歩いても、遂に彼の影さえ見えなかった。残念がったのは沢である。

「奥さんが悪いのかな」

未練がましく、帰りのソリでも、行き違う人に注意を払った。

午後、夫人はフランス語の稽古、中学校の先生の家を出たのが三時、デュマレ博士の家の前にさしかかると、其処から出て来た彼に行き当った。

「奥さんがお悪い?」

「手術前で元気を養っていますよ」

「今朝お会いしませんでしたし、それにデュデュ(博士の綽名《あだな》)のところから出て来るのですもの、心配しましたわ」(結核患者をテュテュと称す)

「メルシ、(そう言って感謝に満ちた握手を再びして)デュデュは私の従兄《いとこ》ですよ」

「まあ、デュデュなんて申してご免あそばせ」

彼は朗らかに笑った。こんな笑いをこの人に初めて見たので、夫人も気が軽くなっていった。

二人は自然に落葉松の林に足を向けた。

「教会の前には誰も見えませんか」

夫人は一町ばかり前で確かめた。

「ミサは終ったし、誰もいませんよ」

四時十五分前の鐘が、だし抜けに教会の鐘楼から響いた。夫人は安心はしたが、彼の横に寄り添って教会を過ぎようとした。その時、黒衣の婦人がそこから出て来るのにぶつかった。今少しで叫びを上げるところを、やっと男を引張ってぐんぐん歩いた。

「後ろから誰か来ませんか」

二町位して右に曲ろうとして訊ねた。

「誰も」

「さっきの女は？」

「あとから来ますよ」

「早く歩きましょう」

「……？」

「あの媼さん悪人よ」

「いいえまだ三十位の人です。人違いでしょう」

正月は何処にだって来る。

「希望《エスポアール》」は人種博覧会だ。地球のどの隅からも、その国の国民性や民族的特色を持って、見本のように集まっている。ロシア人の嘘、スカンジナビア人の燃える金髪、イタリア人の誇張多い高音、イギリス人の微笑、ドイツ人の太い肚《はら》、黄色いアンナン人……しかし皆同じ戦線で闘う戦友だ。色や言葉はその妨害にはならない。個人には国境がない。

正月が来た。こんな時に、皆故国を考える。そして、その代表する国民であることを強く感ずる。沢夫妻も日本人らしい気持になる。――悩まされ続けた狂った性の行進曲は、ヨーロッパなればこそだ。全治前に崩れるように逝《い》った婦人、強い酒に酔いながら断崖を滑って行った男女、キュールの静粛を破る接吻の音、禁を踏む深夜の囁き、みんな日本では行われないことのように沢夫妻は考える。

沢夫妻は常に兄妹であった。

日本では七草《ななくさ》だと話しながら出た日は、心も重く、鐘楼の時計針が泪にぬれる。

「今日は、マダム」

うつ向きに歩いていた夫人は顔を上げて、石像のように竦《すく》んだ。居酒屋と肉屋の路地から、例の老婆が現われて道を阻んだから。

老婆の目を見つめた。

何でも知っているという意地悪さが読める。

「一緒に参りましょう」

そうするより外《ほか》ない。

「お求めのことを知っています」

「私をどうしようと言うのですか」

行く処まで行けと夫人は肚をきめた。

「後で私に感謝しますよ、マダム」

女は四辻を斜めに下りて、小ホテルの並ぶ街に降りて行く。

「ついておいでなさい」

大都会のどこにもある裏面の街、そんなことには、もう好奇心も驚きも感じなくなっている夫人ではあったが、急に不安になった。細い道、暗い家、酒と煙と音。

ある小さいキャフェの横に入る、庭を突き当ると古い大きな建物。暗い入口に曲った広い階段がある。その欄干に手を掛けて言う。

「お登りなさい」

「——?」

「健康な男が待っていますよ。マダム」

女は耳元で囁いて笑って見せた。

「アッセ（沢山だ）！」

夫人は転げるように逃げた。

「健康な男が待っています」

夫人はこの言葉に付き纏《まと》われた。読書しながらも聞いた。縫物の針を落して茫然とした。フランス人に会っても、健康な男としての彼が感じられ出した。辱《は》ずかしい夢さえ見た。

「私はどうかした」自問してみる。

「早く癒《なお》って下さいね」夫に催促らしい言葉を出すに至った。

「もう一年半たちましたものね」

パジャマのまま、夫の部屋を叩こうとしたのは何度であったか。その度に「健康な男」と言う声を聞いた。

「よく眠れたかな」夫も毎朝訊ねるようになった。

沢のプヌモは益々成功し、喀痰《かくたん》もなくなり、熱線は高低なく、体重表の線のみ昇った。このまま進めば、雪解け頃にはパリに帰れると医者も言った。妻も元気づいて、看護に何もかも忘れようと励んだ。今一年このままでいたらと思うと、冗談も言えなくなった。

隣室百二十四号のビアル夫人もよくて、すすり泣きがなくなった。このフランスの婦人は、肺結核ときまると、離婚してスイスでもう二年暮す。近頃七十八号のセルビアの青年と一緒なのをよく見受けた。沢はこの二人が夫婦の生活をしているのを知っていたが、人の噂を否定していた。

沢夫人は日本流に寝る前に、部屋の外に用を足しに出る習慣が抜けなかった。廊下には薄暗い光があるだけで、人通りもなく、靴を脱いで遠慮がちに行く。四階は良い患者のみで、監視もいない。――十一時も過ぎた夜は、療養所は海底に沈んだ船だ。下の祈禱所《きとう》から時には尼さんが黒い裾を引いて登って来る。

黒の男マントが、ビアル夫人の部屋から抜け出た。パジャマの裾が白くマントからはみ出て、足頸にからんでいる。沢夫人は立ち竦んだ。軀《からだ》の血が逆行する。軀を百二十三号の外壁に支えながら、部屋に滑りこんだが、胸の血はおさまらない。ベッドに入って毛布をかぶると、熱病のように血が狂う。

「健康な男」「健康な男」

そのまま眠りたい。目を閉じれば、百二十四号の寝台が入って来る。

夫人はふらふら起き上った。

黄のパジャマの裾が、紫の敷物を掃いて行く。浴室の窓には小雪が嘆く。夫の部屋の戸を開ける。白い毛布の上にあった頭が動く。夫人はその頸を強く抱いた。泪と息が、沢の顔に雨と降る。夫人は待った。待った。

強くかかえて夫人の軀を寝台に上げようとした男の腕から、突然に力が抜けた。その腕は、横にかかった外套を引きとって、顫《ふる》えている夫人の背にかける。

「我慢しておくれ」

地獄の底から声がした。

「許しておくれ」

しめった声が耳にした。夫人は外套を振り棄てて立ち去った。部屋の戸を永久にしめるぞと、音を立てた。

沢は努めて快活に装った。パリの子供のことを話し、「希望《エスポアール》」を出て、別荘を借り、子供を招こうとする計画を持ち出した。夫人もその心を読んで明るい顔を見せ、三月もすれば、子供の処に帰れる喜びを語った。健康も殆ど取り戻したので、今一息と二人は励み合い、悪夢だったと互いの心に読んだ。この環境が悪いのだと、夫人は自らに弁解もし、鞭撻《べんたつ》もして、稽古事も止めてしまった。

「まあ久振りでしたね」

郵便局に下りて行ってフランス人に会い、春に会ったようにほっとした。

「妻の手術も終りましたよ」

「どうでした?」

「助かりましょう。ご主人も良いそうで」

「春になったら帰れそうですわ」

夫人は女学生のような足どりになった。四辻から、左にキャフェ街に降りて行ったが不安がない。まだ陽はあるのに、西側の家からは音楽や笑い声が盛んにする。カジノもある。小ホテルも並ぶ。その一軒の前に来ると、フランス人は言った。

「入りましょう」

夫人は黙々と従った。広い階段を上った。三階の東側の戸を鍵で開けた。テーブルの在る小さい部屋。次に広い寝室。その横に浴室。一度に全体が目に入って、夫人にはこまごました道具が見えなかった。

男は夫人の外套と帽子をとると、小さな軀を両腕に抱えてソファーにのせる、と、熱のある唇で女の口を閉鎖した。夫人は叫ぼうとするよりも、気が遠くなって、男の頸を犇と抱いた。

女の軀には血潮が漲《みなぎ》った。男女の着物はソファーの上に無造作に在る。そしてホテルも、スイスも、高山も皆海底に沈んで、心臓の音のみが、夫人の耳に波音となった。

2

「一年前にロシアからパリへ。此処へは二ヵ月前に来たのです」

サーシャ嬢は、従兄のピエール・トドロウッチを沢達に引き合せた。朝の雪道の散歩は、ロシアを思わせるであろうと日本人は考えたが、このロシア青年は、無造作に小石を投げて犬に探させながら、朗らかに笑っていた。

「沢さんよ。『希望《エスポアール》』のおきてを破って、ユマニテ（フランス共産党新聞）を読んでいるのは」

「貴方がロシア語を読めないのは残念です」

青年は従妹に答えずに、沢を覗き込んだ。

「ピエール、駄目よ。すぐに共産党の宣伝なんかしては。私は毛虫より共産党が嫌い」

青年は屈託ない笑いを山峡《やまかい》に放った。

サーシャは、有名な無政府主義者、クロポトキン公爵の一人娘であるが、ずっとパリに在って、一時舞台にも立った美人で、「希望《エスポアール》」に病気を養っている。ピエールも伯爵の息子ではあるが、今は全く共産党員で、パリのキュリーの研究所でラジュームの研究をしている。

「サーシャは思想まで親譲りですからな」

「いいえ、私は資本主義讃美者ですの」

「沢さんはコミュニストですか」

「失礼ですわね、沢さんは社会学者よ。それで研究の対象として以外には、コミュニズムなんかにご用はないんですわ。ね、沢さん？」

沢は賢明な日本人の微笑をしただけである。

「貴方もコミュニストになるには、肥り過ぎている仲間ですか」

「いいえ、父は小作人ですが」

「すると、まだ学問が足りないんですな。特に社会科学をなさって、共産主義が必然的な帰結にならないなんて」

「ピエール、そうでないの。そんな失礼なことを言うものではなくってよ。恕《ゆる》してあげて下さいね。……だけれどピエールの天国であるロシアは、革命の父である私の父を絶望させたのよ」

サーシャは沢に、K公爵の晩年の生活、ロシアでの生活を、悲しい追憶として話した。

「あれは伯父が悪いのだ」

「いずれにせよ、貴方のロシアに信頼が持てないの。沢さん、私の母は今もモスクワにいますが、最近、誰にでも櫛《くし》を二枚託されたらそうしてくれと書いて来ました。どんな良い制度や設備が出来たのか知れませんが、寄る辺《べ》ない母に櫛まで不自由をさせ、その上、娘の処にも帰さない国を、良い国だと思えませんわ」

その言葉には真剣味がこもっていた。

ピエールがそれに答えようとした時、後ろから一団の散歩の患者が追い付いた。それはピエールのいる公衆病院の仲間で、ピエールを掠《うば》って、沢夫妻にサーシャと愉快な談笑とを残して過ぎて行った。

「従兄さんは病気に見えませんね。それにあの一団の元気では、誰だって病気だと思いませんね」

「ピエールも、一寸《ちよつと》冒されているばかりだと言っていますが……」

「あの若い人々はイタリア人のようですね」

「イタリア人も、ドイツ人もいるようですよ」

その人々の口笛や、笑い声は雪を滑って響いて来る。

「共産主義者は、どんなことでも出来ますね」

溜息のように、サーシャは言って、その若い人々を目で追った。「悪魔の穴」の横の雪の細道に、皆没して行った。

「革命は人を変えます。……」

サーシャはこの日本人に打ちあけようとする言葉を漸くくい止めた。

その一団の採った道を辿れば、二十分にして祠《ほこら》に達する。雪が降り始めてからは、通行人がなく、その小径《こみち》は没して祠のサンタマリアも、冬眠する。しかるに、この一団は、マリアを雪の中へ追い出して、祠を占領し、そこに登山用具を持ち込んで火を焚き、葡萄酒の瓶を空ける。前から隅に運んでおいた暖房具にアルコールを容れ、その周囲に毛布や外套を敷いて、一団七人は坐った。その内の二人の婦人は、途中で買った瓶と菓子を出した。道中の賑わしさに反し、祠に入ってからは静粛に、何かを待つようである。イタリア青年が一本の手紙を次の青年に渡し、彼はそれに目を通すとその次に渡し、最後の男は読み終ると火に投げた。

「しかたあるまい」

ピエールが皆に代って言った。

「しかし、ベリアリは、健康な男ですから、医者から診断書が貰えましょうか」

婦人は誰にともなく言う。

「しかし、仏伊の国境は厳重で、逃亡は不可能であるし、スイスの国境はこの雪では企て及ばぬことであるし、半月もまごまごしていれば、捕われるに決っているし……」

「十日も断食すれば痩《や》せるし、医者に寝汗をかくとでも言えば、大抵肺結核という診断をするよ。それに人間百人のうち九十人は肺に、レジオン（レントゲンの写真をとると、黒く写る部分）があると言うのだから、彼程の無理をした軀には、必ずレジオンがあろうし」

「肺結核と決定さえすれば、革命菌より怖ろしいとして、すぐにスイス行を許可するから大丈夫だ」

「何しろ、この数日のうちに、彼がやって来れば、それで解決するし、向うの同志の消息も解るというものだ」

「パリで『ソヴェート農村』を出したイリオリ氏も、最近小舟でギリシャに逃亡したらしい話を聞いた」

「あのカトリックの社会主義者までが逃げ出すんだからな」

「これでどうかな」

　このような会話をよそに考え込んでいたピエールは、紙片を皆の者に示した。

「いいでしょう？」

「しかしこの電報は、モントルーではいかん。タチアナさん、貴方はジュネーブに明朝行って来て下さい」

「よろしい。又衣裳を作るんだと言って医長さんを喜ばせて、下山の許可を得ましょう」

　この言葉が皆を陽気に笑わせた。

「次は来週の土曜日の午前。いいですね」

次には呑気な青年男女になった。


公衆病院、それは世界の人間の掃溜だ。

或るフランスの富豪が、その一人息子が「希望《エスポアール》」で死んだ日、その財産の半分を投じて設けたもので、青年患者であること、僅かな費用を支出し得ることを、入院条件としている。

門を入れば大理石の碑がある。

「我が夢も破れたり」そう誰も読まなくてはならない。設立者の銅像をという議案のあった時、その悲しい父親はこの言葉と、財産とを市長に残して、ロアール河畔の居城に帰って行った――と言う。

そして此処に収容される青年達は、その言葉が皆、自己を語るような感に打たれざるを得ない。

天才画家を夢みた者、政治家を、詩人を、科学者を、法律家を願った者、……資本主義が整然と発達しきったヨーロッパで、中産階級以下の家庭に産れた者が、所謂《いわゆる》成功しようとするのは、橋のない大河を飛び越えるに似ている。二つの社会は大河の両岸に在って、偶《たま》に渡る者も成上り者の待遇を受けるのに、下層階級の青年達は、一生に一度の投機のように、一心不乱に越えられぬものを越えようと努力して、その結果は破れた夢と、崩れかかった軀を此処に運んで来る。

「それは夢ではなかった。人間の誰もが願って良いことであり、我々の努力は貴いものだった。それが酬《むく》いられず、夢とされるのは、社会制度が悪いからだ」

中庭の芝生に寝ころびながら、議論した一人のスイスの青年の言葉が、本当だと此処の患者は百も承知しているが、微笑して興奮すまいと努力しているのだ。

沢夫妻もサーシャに伴われてその碑の前を通った。

南向きに庭園に傾斜をなして造られた建物は、出来るだけ多くの長椅子を、光線と外気に触れさせようとしている。その椅子に毛布に包まれて、顔だけ出して寝ている患者を、庭から見上げれば、それは血に漲る青年ではなく、夢のさめた骸《むくろ》としか映らない。一つ一つが生活を営み、理想を抱く軀ではなくて、人体の乾物製造場に陳《なら》べたひものだ。六百の目が大空の方に救いを求める視線を投げている。一つの声も動きもないこの光景を見る者は、戦場の跡に立つょうに、人間が霊の祠だという譫語《たわごと》を、思い切り笑いたくなる。

四時の鐘はこの療院のチャペルからも鳴る。

畑に落ちた芋虫が物音におびえたように、毛布の中から、動き出し、声が出る。これから営みが始まる――

「街へおりるか」「上に登るか」「かるた引こうか」「ブリッジしようか」散歩の時間を貰っている者は外へ。許されぬ者はそのまま、――「小説を貸せ。新聞を」「手紙を書くんだ」「ラジオを聞くのだ」――「若いイタリア人君、君は声楽家だと言うが一つ聞かせろ」

「どうせ今に歌えなくなるんですもの、今のうちお聞かせな」

「此処に来たら一週間が自由だ。それからは咳をするにも規則ずくめ、その一週間の自由を利用しておかんと後悔するぞ」

三日前に着いたベリアリは、キュールの気味悪い沈黙で胸がつまる思いだった。押し込んでも、跳ね上る若い力が首を出す。馬鹿らしい雰囲気をかっとばしたくなった。

……………インターナショナル。

……………インターナショナル。

工場で練ったテノールは、庭から谷へと転げて行く。突拍子もないこの歌は、皆の耳を殴りつけた——いつ終るか。

「やかましい。馬鹿野郎！」

ピエールの怒った血走った瞳が、部屋の隅から飛び出した。

「死んでしまえ。気違い！」

どこからも叫びがする。イタリアの青年は悪びれずに長椅子を棄てて去ったが——

ピエールは、サーシャの訪問を伝えた下男が来るまで、腹立たしさに胸が鳴った。

「ピエール、さっき革命歌が聞えたようね」

サーシャは門を出ると直ぐに言った。

「イタリア人には気違いが多い」

ピエールは気の早いイタリア人に信頼出来ない不安を持っていたが、それをこんな風に現わした。

「その点では、ロシア人も同じね。沢さん。ファシストも、コミュニストも普通の人間ではないもの」

従妹の言葉に漸く笑って見せた。この鋭敏な人々に秘密を嗅《か》がれてはならないから――

雪が降る。冬の宮殿の長椅子でサーシャは、沢と父の思い出を話していた。（沢夫人も五時になれば夕食の化粧をすませて下りて来るのが例である）この二人にはミリッザというセルビアの娘と、パラビチニというコルシカの青年が、普段のように加わっていた。毎日の雪で話題も尽きると、サーシャが請われるままに、沢に大革命家の日常生活を語る――

そこへ三、四日前から食堂に見受ける丈の高い中老の紳士が、どかと腰を据えて読書を始めたので、サーシャは話を中止した。

「お嬢さま、お続けなさい。私はフランス語はよく解りませんし、平気ですよ」

そのアクセントでイタリア人であることが解ったが、皆頻《しき》りに空咳をする彼を、煩わしく思って黙っていた。

「貴方はアルジェリア人ですか」

「日本人です」

「ブラボー。我々は日本とは同盟国と同じです。バロン・タナカは日本のムッソリーニ。握手しましょう。どうぞ友達になって下さい」

沢は相手のするままになって微笑していた。

「日本はすばらしい国だ。東に日本あり、西にイタリアありですな」

「お言葉に恐縮します」

「それが日本人の美しい謙譲の徳ですな」

「貴方は大変なご機嫌ね。デュマレ博士に見て頂いてますの？」

「いいえ、まだです。お嬢さま。大変お邪魔しました。日本人さん、私は八十番にいます。是非お話にお出で下さい。私も伺います。何しろ日出《い》ずる国の人に逢うのは愉快です。しかもこんな処で。どうも――」

「彼は病気《テュテュ》ではなさそうよ。一昨日、デュデュの処で私の直ぐ前に診察して貰っていましたが、デュデュも怪訝《けげん》な面《かお》で、貴方は病気ではないと言うのに、咳も強いし、イタリアの医者はラッセルも聞えると言うから暫く静養したいと言っていましたわ――変り者もあると後で笑っていましたが、何か訳があるのよ、きっと、デュデュの話をすると、今も引き上げて行ってしまうし」

ミリッザは得意気に話した。

「それにあの目の光はイタリア人には珍しく鋭いし、訳があるのよ」

「大戦中なら卑怯者が、肺結核だと言って、戦地からこんな処にも逃げて来たそうだが、今はまさか——」

「でも町の下の方のサナには仮病患者が多いのですって」

「労働が厭になったと言うの？」

「いいえ」

サーシャはこれ以上、ミリッザを追求してはならないと知った。そして自分の疑っていたことが本当で、しかもこんな娘にまで知れていることがたまらなかった。

「沢さん。ご存知？」

「いいえ」

サーシャはほっとして沢とミリッザを眺めた。

「しかし今のイタリア人は、下の人々とは違う。彼は反動政府の犬よ。私請け合うわ」

ミリッザは言うべきことを吐き出した。

「イタリア人は、私、大嫌い。どんなことだってするものね」——ミリッザは続ける。

「日本人もそうでしょう、沢さん？」

「いいえ、日本人もどんなことでもしますが、それは国家のためという条件付きよ。イタリア人は金にさえなればほかのことは考えませんわ」

「ミリッザはなかなか手厳しいね」

「だって私、結核菌よりイタリア人が憎いですもの」

この駄々っ子はいつでも、なんでも笑い事にしてしまう。

階級闘争は言葉ではない。二階級の対立は、ヨーロッパでは議論ではない。事実だ——いいえフルニッスール（下下の者）の子弟と一緒に、宅の子供を勉強させるなんて、そう言って公立小学校に子供を出さないパリのブルジョア。そしてその小学校に入ったら、中等教育を受けられない仕組にして、子供の時から上下に一線を引いているパリ。そうだ、社会学者ゴブロは垣と溝とこれを呼んだが、そんななま易しいものではなくて、鉄条網だ。

自由、平等、博愛。パンテオンの門にも、便所にも、いいや誰の頭にも焼き付いている。憲法でも民法でも、その鉄条網の代りに、この黄金の文字がつまっている。しかし、銀行の鉄格子、モンマントルのキャバレーにも、自動車の真中で棒を振る巡査の笑顔、麩《ふ》に集まる池の鮒《ふな》のような売笑婦の赤い唇にも、その一線は厳然と聳《そび》える。自由、平等、博愛、唯その線内の自由だ。モロッコの戦争に行くな、それを叫んでも鉄条網に触れるのだ。沢夫妻もそれを知らなくはなかった。

戦争を知らない国、常に平和の議せられる国、その廃人の集まる小都市にまで、欧州の階級闘争の火花が飛ぼうとは思いも寄らなかった。貴方がたはと牛場に追われた畜群のように、黒シャツ党※のために死の牢獄に駆られた無数の革命家の運命を聞きましたが、その運命を脱《のが》れた者は此処にも集まって、新たにベリアリの報告に悲憤する。ボタン穴に黒シャツの星を輝かす

※ムッソリーニが組織した、国民ファシスト党の武装行動隊。

者の目もまた此処にある。

若い電気工ベリアアリは、革命歌を歌ったために、同志の平安を乱すのを怖れて、此処を去らねばならなかった。ピエールに送られて、雪の車道を下ってグリヨンで電車を拾うだけの用心をした。フランス、スイスの国境は厳しくはなく、パリには同志も待つが、吹雪に暗澹《あんたん》たる心で別れて行った。サンタマリアの祠も見破られたらしい。ピエールは誰とも会ってはならない。それに微熱が再び頰を赤くし出した。――もっと養生しなくてはと思いながら、落着けぬ若い力が燃える。……

「そんな訳で、親友日本人にご依頼に出た次第でございます」

夜十時、例のイタリア人は沢の部屋を叩いて、沢がサーシャと最も親しくしているが、従兄ピエールに積極的に近づいて、その行動を報告しろ、お礼は望み次第、日伊両国民はいずれの場所でも援け合わねばならないと、くどく語る。

「貴方は黒シャツ党員ですな」

「黒シャツ党員でなければイタリア人ではありません」

「此処から直ぐに出て下さい。そして明日早く貴方の国にお帰りなさい」

「貴方は……」

「皆病人です。静かに養生させなさい。貴方は戸惑いした犬です。もう沢山です」

「此処だけの話にして」

「日本人は卑怯な真似はしません、安心していらっしゃい」

「貴方も革命家ですな」

「馬鹿、卑怯者より革命家になった方がましだ」

「よし、飽くまで闘うぞ、敵め！」

沢はこの場を日本語に訳して辱ずかしく赤面した。慍《おこ》ると三つ児のようにしか出ないフランス語が不便だった。


「ピエール、貴方はまだ止めませんね。この熱では」

サーシャは熱い従兄の掌を、双方握ってその目を見詰めた。

「父の肖像、家庭の肖像をごらん」大きい額に髯《ひげ》から顔を出している温厚ないくつもの目が、壁に在る。

「貴方はあすこから此処に来たんでしょう」

頷いた。暗い部屋で会った女の肉の匂いも、接吻もまだ身についている。どんな女であったか闇から闇に会って別れる相手は、触覚を通じてより知らなかった。出て来る時はありったけの後悔をするが、又会う知らない女体にはすぐに誘われてしまう……

不自然に禁欲生活を強いられている男女は、一週の或る日、時を定めて、闇の檻に裸で入る。食事するように簡単だ。家庭でとれぬ食事を外でする。療養所で喰えない林檎を噛むようなものだ。ただそれだけのことだ——とピエールは言う。

「此処に静養に来たんでしょう。それがこの病気に厳禁であり、あれ程私と約束したことをお忘れ？　来てから三カ月、少しも恢復しないのはその為ですよ」

「お説教は願い下げだ」

「おだまり。それでも、新興ロシアの青年かね。もっと健康的であってこそいつもの主張に力がある。お前も腐ったブルジョアだね。躯が蝕《むしば》まれたように血も、考えも皆ブルジョアさ。死の舞踊をしているブルジョアと何等変らないお前がコミュニストなら、折角希望を以て眺めている故国だって、お前のおかげで私には曇ってしまう」

「馬鹿。傲慢屋《オルゲイユース》！」

「私の父は聖者だった。それでこそ革命を叫ばれたんだ。何だ。労働者の国家から国費を貰って、その金で、哀れな女を買う。——いいえ、パリの生活だって知っています。資本主義の犠牲だという女性を、労働者の金を以て買う。そして資本主義の罪悪を叫ぶ。それをお前も利用しているではないか。恥をお知り」

「静かに、サーシャ」

「私は悲しい。お前の政治的行動に関しては何も言わない。それはお互いの信仰というものだろうが、人間らしい行動については黙っていられない。あんまりだ。あんまりだ」

サーシャは泪を無造作に払いながら部屋を歩き廻る。

「僕が悪かったかも知れぬ」

頭をかかえて、椅子にうつむいている彼は、それでも、はっきり言った。サーシャはその前に立った。

「ピエール、早く此処を去りなさい。此処はお前のような有為な青年の長居すべき処ではない。肺は癒っても心を蝕まれる。雪は肺に特効薬だそうよ。ロシアへお帰りなさい。爛《ただ》れた西欧の文明は、新鮮なものを腐らしてしまいます。ロシアがお前の健康にも精神にも一番良い所です……」

ピエールは飛び立った。その顔は憤りで痙攣《けいれん》していた。

「お前までがサーシャ。お前も、僕を此処から追おうとするのか。お前までが犬なのか」

「アッセ」サーシャは耳に両掌をあてた。

「ピエール。お前は見さげた根性になってしまった。お前のコミュニズムがお前をそれ程にしたのか。……お前のお母さんが聞いたらば……」

椅子に伏している従妹を見おろしているピエールの広い軀は、入口の戸に立ち塞《ふさ》がっていた。

3

沢のプヌモは益々成功した。坂道をかけ上った。午後二時間のキュールのほかは、総ての行動が自由にされた。——モントルーではナルシスの花便りさえ聞く。

「私パリに帰ります」

夫人は或る日宣言した。もう遅くも二月で帰れるので沢は思い止めさせようと色々と宥《なだ》めたが、「もう一日でも子供を見なくてはいられません」と普段の柔順なのに似合わず、一歩も引かぬ覚悟が響いていた。それに近頃何事にも興味なさそうな様子の妻が不憫でもあり、多少無茶な言い分でも容れてやりたかった。

「私、お迎えに来なくても良いでしょう?」

夫人はやがて去るパリをよく見ておきたいとか、したい事が多いとか、多くの理由を述べたが、沢にはどっちでもよかった。唯、妻を喜ばせたかった。夫人はその日のうちに、スイスを立つと主張した。

「お一人で困りはしません?」

知合った人々にも挨拶もせず、細々した注意を残して去った。その時異人風に接吻した妻を微笑して見送った。

春はレマン湖に来た。グリヨンには雪があるのに、湖畔には白桃とナルシスがかおる。

「希望《エスポアール》」は青空と白雲の間に浮いて、冬を籠《こも》った患者は里に下りる日を数え始める。

沢の足も自然に下に向く。国道を廻り下って、グリヨンから電車で帰る散歩がたのしくなった。そうした折は、療養所の仲間と行を共にして、わだかまりない談笑をする。皆の心も春だ。

「ピエールさんは近頃どうですか」

沢は一行のしんがりになってサーシャに問うた。

「やはり悪いらしいの。キュールもしないようですから」

「春までだと言っていたのに、落胆してましょうね」

「あの中老イタリア人にも私閉口していますわ、私の隣室に代って、どんなことでも聞き出そうとするし、色々な噂を播《ま》くし、……」

「貴方も革命女優と綽名されましたね」

「貴方とだけの話。この春ミラノで博覧会があるのよ。皇帝もムッソリーニも開会式に臨むんです。それに対し陰謀があるだろうと、睨んでいるらしいのよ。それで、パリやコート・ダジュールの各地は勿論、こんな所にも、黒の犬を派遣しているのです」

「それで犬は月に吠えているのでしょうか」

「ムッソリーニは二度も狙われましたし、彼さえなければ、どうせ肚の空っぽなイタリア人だから、ファシズムなんて、一朝に滅ぶと考えるのが当り前ね」

「下のサナに逃避している革命家達というのは、そんな力があるでしょうか」

「彼等の連絡が強くて大変ですから――」

「何故あの老イタリア人は下のサナに行かないのでしょう。その方が良い情報がとれましょうに」

「暗殺されてしまいますものね」

「そんなですか。本当に？」

「だって、貴方も、バルビュスとロマン・ロランの発表したイタリアの黒色恐怖時代の惨状をお読みでしょう。主義者達も暴を以て報いると決心しているんです。……しかしあのイタリア人は何とか方法を講じて、下のイタリア人を一人々々毒殺しますね。どんなこともしかねないから」

「こんな美しい国で、しかもこんな春に！」

「貴方は詩人ね。詩人は何もなし得ませんよ」

突然ミリッザが歩き遅れて加わった。

「貴方、奥さんに毎日書いていますか。……まあお書きになりませんの。酷《ひど》い人。奥さまは？」

「驚くでしょうが、ミリッザさん、まだ便りがありません」

「それでいてご夫婦なの？」

娘が驚くのも尤《もっと》もである。別れているヨーロッパ人夫婦は毎日手紙を書き合い、毎週国境を越えて一通話十フランも払って会話し、一回の通信が欠ければ、そのために熱の一、二度上るのが普通だ。

「ご心配ではないの？」

「何が？」

「本当ね。日本人が勇敢だってこと。でもいくら勇敢だって、そんな風な関係が夫婦なら、日本人となんか結婚出来ないわ。ね、サーシャさん」

「その国の風習でしょうし、又それ程信じ合っていれば、これ以上のことないでしょう」

「私なら我慢出来ませんわ。私ね、国に許婚《いいなずけ》があったのよ。一緒にベルリン大学にいましたが、病気して此処に来てから次第に手紙の数が減るでしょう。お前さん新たに出来たろうベカンテと幸福になりなさい、私もこちらで何をするか解らないと言ってやったの。手紙書かなくなったら愛がなくなったんですわ」

「それで、あなたは幸福になりましたか」

「貴方は本当に間抜けね。幸福なんかそんなにあるもんですか。……サーシャさん、失礼しますよ、（それで、サーシャは速足になった。）私、今日は饒舌《おしやべり》よ。貴方、風琴のイタリア人覚えているでしょう。あの人私に五月蠅《うるさ》く言うでしょう、閉口して、言ってやったの。――私日本人を愛してるから駄目って。日本人の何処が好きだと目の色を変えてつめ寄るんですもの。神経衰弱だくらい解っているので、真面目になれないわね。かといって、笑ってしまえば、どんな目に遭《あ》うか……腹切りだってするわよ、私嘲《うそぶ》いてやったの。するといやね、私は此処からだって飛びおりると言うではありませんか」

「……」

「まあ黙っていらっしゃい。私馬鹿らしくなって、自分の部屋に帰ったのよ。ところが私達は不幸にも隣合い、ブーブー風琴をやり出して、その合間には、此処から飛んだら愛してくれるかと繰り返すもの、落着いてキュールも出来ない始末。口だけでは喧《やかま》しいだけよと、怒鳴ったのよ。そしたらどうです」

「私は恨まれましたね」

「お慍りになる？」

「貴方は小説の筋を話したのでしょう」

「不真面目ね、貴方は」

「どういう意味ですか」

「貴方のような人を大戦前時代というのよ」

そう笑いながら、娘は小走りして、五、六間先のサーシャに追い付いた。

「ムッシュ・サワ程解りの悪い人、私見たことない」

甲高い娘の声は沢にも聞えた。

「今日もお便りありませんか」

ミリッザは、沢の部屋に日参のかたちだ。

「今日着くという電報ですよ」

「まあ、お帰りになるの。まだやっと二週間でしょう。貴方はモントルーまで、お迎えに下りないの」

「面倒ですから」

娘は沢の顔を穴のあく程見詰めて、

「貴方は怖ろしい方ね……それとも奥さんを嫌っているの」

「そんな失礼な訊き方をするものではありません」

「だって、私には伺って良い訳がありますもの」

「――？」

「貴方を愛していますもの」

「私の方で問題にしていなかったら」

「その時は待っていて戴くだけよ」

そう言って、机の上の本や写真を床になげ出して、出て行った。

イタリア娘タチアナは、サーシャを「希望《エスポアール》」に訪ねた。

あの夜から、サーシャはピエールに会わず、この娘を通じて従兄の容態を知るのである。

「やはり熱が七度から八度台ですか。私は伺いますまい、お言葉ですが、却って興奮させますから。しかし、タチアナさん。従兄を何とか『希望《エスポアール》』に移したいが、説き伏せて下さい。経費のことなど心配せずに、……あそこでは助かりません」

「――」

「それは皆さんが、ピエールを助けて元気付けて下さることは感謝していますが、貴方がたと一緒にいましては、養生する気になりませんから」

「――」

「貴方がたはご病気でないが、あれは此処に養生に来たのです。それだのに、あれを中心に活動なさる……それがいけません」

肺病が不治ではないが、初期に徹底的に治療しなければ全治出来ないこと、従兄は識らずに活動しているが病勢が亢進《こうしん》すること、公衆病院では感激家は絶対安静などしていられないことなど、結核療法の初歩を娘に説いて、ピエールを彼の一団から離すように願った。饒舌であるタチアナは一言も返答をしなかった。

「私それをすすめになら、ピエールのところに参りますわ」

「貴方も彼を我々から奪おうとなさるの？」

「言葉はいずれでも、ピエールを見殺しに出来ないのです。お解りになりませんかしら」

「どうせ私達はいつ死ぬか知れませんもの」

「そんなすてばちな心では勿体ない。それはいけません。ピエールはまだ自分の仕事もしていませんし……」

「今我々とするところです」

「もっと解るように話しましょうね。ピエールはラジュームの研究につくすつもりです。どんなにその方面で人生に貢献するか、まだ死んでは惜しい。それに二十九や三十で死んでは、あまりに不憫です」

「貴方の考え方はブルです」

「そんなことではありません。いけない。いけない。貴方は助けてやりたくないんですか」

「貴方より私の方が彼に近いのです」

「そんなことを言っているんではありません。全快させることが急務です。どうかして……」

「はっきり申しましょう。彼は私の同志で恋人。私の好きなようにします。私達は今最も大事な事を――」

「お黙りになって！　其処から出てごらんなさい。戸口には貴方の同胞が待っています」

サーシャは戸を背に立った。出て行く娘が老イタリア人と衝突するのを見たくなかった。あまりに総てが穢《けが》らわしかった。

ミリッザは植木鉢のように盛装して、沢の机の上に腰を置き、整った二本の脚を、リズミカルに振動させながら続ける。

「それでね。私の前を行った日本人が誰で、相手のフランス人が誰か、それは奥さんが一番適確に答えますわ」

「妻に聞くまでもありません。そのフランス人は我々の友達ですからね」

「良いお友達ね。奥さんを二週間もパリに案内して下さるなんて」

「一人で旅行させるのは心配ですから」

「嘘つき。お顔をもっと青くして上げますわ。検温器をしてごらんなさいね。その男女の後をつけてみたのよ。左下の街、ホテル・ピアトールの中に没しましたわ」

「そこにその人の奥さんがいるんです」

「待合で療養するんですって？　何を間抜けを言うのよ」

沢の頬を殴りつけて飛んで行った。

パリで見聞した夫婦では、そうしたことは当り前のことだった。それを知りつつ、お互いに自分達の生活をして、便宜的に一つ屋根の下にはいるが、そのために、互いを擦《す》り減らすことのないのを見て、聡明だとは思うが、日本人に出来る芸当ではない。ミリッザは色々の話を創作するので、それも、あまりに暇であるための、悪びれた詩だと解したかった。前日も妻は――子供を連れて一人日本に帰ろうと決して、パリに行ったが、子供の顔を見るとすまなくなって、又出て来たと言った言葉には、まごころが響いていた。――沢はキュールに出て、椅子に横になりながら、たとえそれが事実であっても、そのために病気を悪くしてはならないと腹に力を入れた。――いけない。いけない。妻が帰っても立たなかった。

「外は寒くなかった？」

「いいえ、雪解けで歩き悪《にく》くなって、弱りましたわ」

妻の疲れたように坐るのを聞いた。

大戦中に欧州の金を掻き集めたアメリカは、春ごとに無数に大きな船をしたてて、それにドル袋を持ち込む人を一杯のせて、欧州に送る。ナルシスが咲いてから、チョルの葉が落ちる頃まで、そのドル袋のために、小鳥の囀《さえず》るような英語がスイスの国語になる。のさばったロイド眼鏡、無遠慮な足取りが、静かな山国を乱す。そしてそのでしゃばりな観光団はコーにも紛れ込んで、キュールの沈黙を破る。

それでなくても春は病人に悩ましい。

「ミラノに於ける万国工芸博覧会――四月三日より」

「春のイタリアは光なり」こんなポスターがコーにも見られるようになった。ストレーザの春、フィレンツェの春、「希望《エスポアール》」の人々の会話もそこに飛ぶ。――フィアツェロへ又行こうか、とサーシャは沢夫妻を誘う。

下のピエールとその一団も忙しくなった。博覧会が二旬に迫って、暗号電信が、イタリアから、フランスから、スイスから絡《から》まり着く。爆弾に依ることの絶対不可能なことは認められた。二回の失敗は千を以て数うる同志を、死の獄に送るに終った。兇器を持つことは、それに依り同志を狙撃することに終る。無数の決死の同志は、その肉弾の用途に窮した。イタリアの国境は黒シャツ党員に堅められて、潜入することも不可能だ――こうした報が一団を苛立たせる。

ピエールはこの頃になって喀血するようになった。それにも拘らず、蒸し暑い或る午後、タチアナを連れて散歩に出て、そのままモントルーを過ぎブベーに行った。公園のがらんとした大音楽堂の隅に入る。そこには、既にベリアリが、パリから出ていて手で合図をした。三人は挨拶もせずに並んで腰をおろした。そこのマロニエはもう咲いて、葉蔭には凄い碧《みどり》の湖面が揺れていた。

三人はそれを眺める位置に在って、それが見えなかった。

「解ったかね」

ピエールはベリアリに数枚の紙を渡し、それを読み終るや、再び取って裂いてから緩り言った。相手はうなずいた。

「可能かね」

「やってみましょう」

「可能かね」

「技術的には可能です。ただ時間と、……」

「君は電気工だろう。ミラノに君の住居があるだろう。病気がなおったと言って帰れ。ブベーから直ぐに汽車にのり給え、明朝はミラノだ。君の一生をかけるんだ」

「それだけですか」

「ミラノには、同僚で同志があるかね」

「電気工には百は尠《すく》なくても」

「それなら大丈夫だ。成功を祈るぞ」

タチアナは持ち金全部を渡し、三人は互いにそこで別れた。花も、春も、光も、暗い計画を持つ者には用がなかった。


「ルイ。貴方ニームに帰ってしまってね」

沢夫人はルイ・ベルトラン（そうフランス人は呼ぶ）の絹のパジャマのボタンを弄《もてあそ》びながら言う。

「貴方に会うまいとしてパリに帰ったのを知っているでしょう。が、一週間目が五日目になり、三日目になり、このままだったら恐ろしくなるのです。早く奥さんをお連れになって帰って下さいね」

「帰ってはいけないと君の目が言う」

夫人を膝に抱き上げようとするが、

「いけません」腕から脱れて、窓の厚めのカーテンをひいた。午後の陽がさっぱりした敷物や、ルイ十四世風の家具の上に溢れた。

「そんなに意地悪なら、私もう参りません。ご自分のことしか考えないエゴイストね」

「君のことより考えなくなったんだ」

「嘘。そんなら、早くニームに帰ってね。私パリに逃げ出さなくてはならない——貴方さえいなければ、私は幸福になれるのです」

「僕は君なしには幸福になれない」

夫人は帽子や外套をつけて帰るばかりにした。

「早くして。送って下さいな」

「今一度」

男は蒸すような唇を女にあてた。女の頬には泪が流れた。

「僕が我儘すぎるから？」

「みんな不幸ですもの」

男は女を慰めるように快活に話しながら、洋服を着た。

「僕達が結婚していたらとよく思うよ」

「そんなこと考えてはいけません」

夫人は腹立たしかった、それでいて幸福だった。しかし断乎《だんこ》たる処置をしなくてはならないと歩きながらも考えた。その時ふとサックに納めた鍵が落ちた。それを拾い上げると躊躇《ちゅうちょ》することなく、谷に投げてしまった。

「ホテルの鍵でしょう？」

「そうです。私が身投げしたと思って諦めて下さい」

「ご主人に知れた？」

「そんなこと問題ではないのです。私が怖ろしいの。貴方が憎い――そのうち奥さんでもお亡くなりなさったら、私生きていられませんもの」

ピエールは病勢が急変して、外出も出来ず、独り部屋に入ることになった。十数人一室に在る場合、その一人の病変は、他の患者に心理的悪影響を及ぼすことを慮《おもんぱか》るからである。枕許ではタチアナが目を離さない。看護婦や医者は、タチアナにも帰ってキュールをせよと言うが、聞き入れなかった。彼女はその必要のある患者でもなく、それにピエールを全くの他人に委ねておけなかった。黒い手が何処にも延びているからだ。

「電報は来ていませんか」「いいえ」

「ベリアリは何か言って来ませんか」「いいえ」

「今五日《こんいつか》でイタリアの国民が救われるか審判の日が来るんだ」彼はエスペラントで話した。

ピエールは個人の力の限界をその時見た。これ以上どうにもならなかった。たとい又失敗に終るとも、打ち寄せる波のように、次々に同じ企てがイタリアに寄せてはかえし、最後には革命を呼ぶであろう。それは、太陽が明朝東から昇ることと等しく信ぜられる。もうこの上此処には用がないのだ、そう省みると、それだけに悪くなった軀がいたましくなった。――死んではならない。これから面白い世の中になるのに、起き上らねばならない。

「タチアナさん。私は病院を変ることにしますよ」

「え?」

「此処にいたら死んでしまいます」

「私もご一緒に!」

「いけない。私は一人になる。君達は健康だ。どこにでも生きられる」

「あんまりです。一生貴方のお側で働く覚悟ですのに」

「私達の関係は同志を出てはならない。そのベルを押して下さい」

「私……厭です。それはあんまりです」

ピエールは起き上りベルを押し、入って来た看護婦に言い付けた。

「医長さんに此処を出ること、それから、『希望《エスポアール》』かグランドテル、いずれか部屋のある方に予約して、一時間内に出られるようにはからうことを頼んで下さい」

「ピエール、貴方は我々同志を信用出来なくなったんですか」

「信用している」

「私を信用出来なくなった?」

「いいや」

「愛さなくなったの?」

「取違えていたのなら、貴方の禍《わざわ》いです」

「何ですって?」

「愛していたことはない」

…………

「私の不仕合せでした」

そう言って出て行く娘を、今少しで呼び止めるところであった。

4

レマン湖畔の町々が、モントルー、ブベー、ローザンヌの方まで、コーから緑の中に見下ろせるようになった。湖を隔てて仏領サボアの山々の白い膚が近く迫って来た。

「希望《エスポアール》」の庭園にはベンチが運ばれて、そこから湖の汽船が島の影のように見える。沢夫人は晴れた午後、チヨルの蔭を選んで編物などするのが好きであった。のんびりとした幸福をやはり感ずることが多かった。

「貴方、お出掛けになりませんでしたか。マダム」

ミリッザは並んでベンチにかけた。

「いい天気ね。午後のキュールなさいませんの?」

「あんな真似なんかしたってよくなるか解りませんもの」

「どうして？　我慢してするものですわ」

「貴方近眼ですの。マダム」

「お産してから、急によくなったつもりですけれど」

そう言って針を休めた。

「どうりで、擦れ違ってもお気付きがなかったわ」

「ごめんなさい、失礼致しましたわね」

「でも、それが擦れ違い甲斐《がい》のないところでしたのよ」

「――？」

「左下街のホテル・ピアトールの廊下ですもの」

「何を歌っていらっしゃるの？」

「貴方の方が、ご主人より度胸が良いわ。ご主人は顔色を変えましたけれど」

「それが貴方に何の関りがありますか。マドモアゼル」

「大ありよ、嘘でしたらご主人に伺ってごらん遊ばせ」

「え？」

「私、彼を愛していますのよ」

煙草の煙を空に放ちながら歩み去った。夫人は貧血を起しそうであった。――娘を憎悪する感情が燃えてやっとそれを救った。彼とは沢であるか、ベルトランであるか、急に足許からくずれて行く思いがした。そのうずく頭に明瞭になったのは、夫に打ち明けねばならぬということである。何度もその決心をしたが、却って病気を悪くすることに終ることを考えて、その間際に躊躇してしまった。しかし、今はどんな結果になろうと、夫に詫びることが現在の苦しい立場に解決をつけるものであることが解って来た。——特に夫の気性を知っているので、他人から聞かされたならば、まいってしまうであろうとも察せられる。

円盤の上を転げる玉に、運命をのせる賭博《とばく》——ルーレット。モナコの宮殿で一日暮してごらん。それが罪悪だなんていうのは顰面《しかめづら》の東洋人の寝言だ。人間産れる時からルーレット。この世の総てが気紛れな玉の運転で決るんだ。人間の努力だって——馬鹿言っている。ルーレットの運行にだって統計的な蓋然性《がいぜんせい》はある。それ位の蓋然性が人間の努力の成功に於ける要素なのさ。「希望《エスポアール》」でも冬の宮殿に一台のルーレットが置かれた。春の宵は輝く灯の下でルーレットに賭けよう。どうせ春から夏には、病気がなおる時期ではなし、——皆さんお賭け下さい。賭の用意はできました。一口一フラン以上。早くお賭け下さい。

パラビチニが叫んでいる。そこには椅子に寄る者、立つ者、小さい玉の動きに熱を上下させている。——赤の十四。笑いと叫び。フランの響き。

お賭けなさい。お賭けなさい。

「赤の十二へ」「黒の偶数へ」「第三番管に」「黒」「零」「赤の四と七」数字の上にはフラン貨

が降る。

——はい赤の二十六。

——お賭けなさい。お賭けなさい。

突然一掴みの銀貨がパラビチニの頭の上から数字盤に陥ちた。——どこでも良い好きな所へ。

それは、ビアル夫人だった。

——「それでは解らないわ」——「計算に困るな」……

「いいわ、一まとめに、どこにでも置いて下さい」

「この紙幣を零に！」

——皆さん用意はようございますか。

「これも、どこかに置いて下さいな」ビアル夫人は又一掴みの紙幣をなげ出した。

「それが少しでもあたったら、皆さんシャンパン抜いて下さい！」

そう言い置いて去って行く。

——皆さん用意は良いですか。

——黒の七！

ブラボーの声が天井を破った。

その翌日、ビアル夫人はこっそり下山して行った。これが本年の最初の下山者だった。結核は冬期になおるもので、夏期は病症が現状維持するものと信じられているので、夏中に死の危険のない者は、毎年春下って秋に登るのが常である。そして四月下旬にカルナバル祭を兼ねた別離のソワレが終ってから、再びの無事を祝し合い、祈り合って、故郷に帰る。が、こうして一人でも春に向って去る者のあることは、「希望《エスポアール》」の人々の心を明るくした。

しかし同じ日セルビアの青年は散歩に出たまま帰らなかった。部屋に残ったトランクは空で、三カ月の支払請求書が抽斗《ひきだし》から出た。この駈落は退屈な療養所を喜ばせた。

沢夫人はその晩比較的遅くまで、夫の部屋で編物しながら話した。

「毎日お話しようと思っていることがありますけれど」

沢は寝台で天井を見ていた目を動かさなかった。夫人は膝に編み終った子供の物を載せていた。

「言い過ぎてはいけない。よく話したい誘惑にかられて、言ってしまって、後悔することがある」

「でも申し上げなくては済みませんもの」

「どんなことか、君の腹に納めておいて良いものなら、そうした方が利巧だ。済むも済まぬも、我々の間には無いからな」

この態度が夫人には寂し過ぎた。

「私を愛して下さるの？」

「今更愛など問題ではなかろう。そんな暇はない筈だものな」

「こんなことしていて良いとお思いなの？」

夫人は腹立たしかった。苛立たしかった。

「僕の病気の間は仕方ないだろう」

「ご病気だから卑屈になったと言うのではないでしょう。私、もっと悪い点をお責め下さらなくては——」

「そらそら、打ち明け癖が頭を出した。とにかく、僕も悪かろうさ。何より早く健康にならなくてはな。この病気を征服するには大修養を要するのだし……」

「ご自分のことしかお考えになりませんのね」

「そう見えるかな。そうでもないつもりだけれど」

自分の膝の上だけに視線を置くので、夫人は夫の目の泪が見えない。

「私や子供のこと一度でもお考えになりましたか」

「愚痴なら聞くよ。さっきお前は真面目に違ったことを言い出すところだったから、黙った方が良いと言ったまでさ」

夫は寝がえりして壁の方に向いた。

「私、男らしくして頂きたいだけですの」

「どういう意味かな。皆この病気がいけないんだが、お互いに不平なしにしようよ、ね」

夫人は詫びたい。優しく詫びようとするが、言葉が次々に彼女を裏切るのを、どうにもできなかった。勢いのように口を突いて出る言葉を、嚙もうとするが漏れてしまう。夫が知って避けていることが、既に恕《ゆる》しているのだと次第に解って来た。生一本な夫が、事勿《ことなか》れと卑屈に見える態度をとるに到るまでの長い悩みも、闘病した根気よさを見て来た夫人には、合掌したい程よく解る。そうかといって、それでは充たされない。崩れかかる自分を強く支えてくれないことが、不安であり、頼りない。フェミニストである夫が、ありがたくはあるが、近くに感じられない。世間並みの夫であったらと、思うようになった。

翌日夫人は、グランドテルのベルトランに、電話をかけてしまった。

朝も春の如く登って来る。

レマン湖は白んでも、グリヨン、コーへは陽の脚は遅い。牛乳車のラッパは、山の下から曙《あけぼの》を呼んで登り、パンがトラックでその後を追って来る。その頃「希望《エスポアール》」では六階の尼さんが白鳥のように白の頭巾を揺すって、ドームに並んで行き、台所では肥ったコックがパンの籠を受けとる。コーヒーをいれる。丸い看護婦の白衣が、病室に順次消えては出る。水銀が検温器の赤線を上下して咳の競争が始まる。——その頃になって漸くエレベーターの音がする。そして緩んだ一日が患者を待つことになる。この順序は、患者の胃に食欲が来ないように、いつも整然として乱れない。しかるにこの朝は、パン屋の鈴と一緒に号外が来た。日本人には地震、イタリア人にはセルビアとの開戦、フランス人には第二の白鳥号がすぐに思いうかぶ。そして我等のピエールには、イタリアの革命が。

「ミラノに於ける万国工芸博覧会開会式に於ける爆発事件。死傷数百名」

この報道は巡回看護婦の脚より速やかに、療養所に伝わった。

「やったな」

百七十八番に移ったピエールは、すぐにそう思って起き上ったが、その号外は決して喜ばせるものではなかった。

「ムッソリーニは助かったな」

彼は寝込んだ。

此処に移ってから、サーシャの他には誰にも会わず、模範的な患者になって、プヌモを始めたけれど、一か八かベリアリの報道を待った。

「これも駄目だった」

しかしそれ程の力も落ちなかった。いつかは成功することに決っているからと考え直したのではないが――


「皇帝及びムッソリーニは、同日午前十時半開会式に臨む予定を、突然変更して、正午市民歓迎会に出席のために正十時に、開会式に行幸あらせられたり。しかるに十時三十分に至り、表正門の装飾用電燈に、自動爆発器を何者か仕掛けたるにや、俄然《がぜん》爆発し、門前に整列せる学生、及び門内警備に当りたる黒シャツ青年党員約四百名、その為に死傷せり。犯人は未だ逮捕せられざれど、既に二百名の社会主義者を捕えたり……」

「難を免れたるムッソリーニは、市民歓迎会に於て演説をなして曰《いわ》く……」

次々の号外は、ピエールにはもう用がなかった。病気さえよくなればと、そんな風に考えた。

──健康でさえあれば、しようと思うことは、必ずなし遂げられる。

「母がロシアから、パリに六月帰ることになりました」

間もなくサーシャは、母の手紙を持って来た。

「伯母さんは西欧文明に育ったんだから、それが一番良いことだろう」

手紙を読み終ってから、モスクワを去る前日、クロポトキン街へ散歩に誘い、クロポトキン博物館を訪ねてこう言った伯母の言葉など聞かせた。──私の娘はパリにいるので、行ってみたい。が私の夫は此処にいるのだから、苦しくてもモスクワに残りたい。

「あの時でも伯母さんはパリを慕っていた。パリには、貴方の他に、自由というものがあると信じているんだから、しかしその自由も……」

「続けてもよくってよ、遠慮しなくても。だけれど、母こそ、ロシアの現制度が正しいものだと、知っていたんだし、特に帝政時代と比較しているんだし、ピエールも寂しがらなくても良いわ」

「しかし議論して、興奮などして病気に障ったらつまらないからな」

「養生屋さん。三月前からその心懸けなら、今頃ミラノ辺りへ出掛けて、あんなへまをさせなかったでしょうにね」

「何？」

「え？」目と目とが合った。

「知っていた？」

「今、貴方の目の中で解った。私の疑っていたことはやはり真実だったのね」

「疑っていたって？」

「ピエール、ごまかしても駄目。ミラノに博覧会があると聞いた時に、今度もと、誰だって思ったわ。その頃、病気のことも忘れて、雪の中をジュネーブ辺りまで、電報打ちに行くんですもの、すぐに解るわ」

サーシャは、いけないことを言ってしまったことに気付いた。

「それより、この夏ピレネーの山に母と貸別荘を借りようと思うけど、貴方も一緒に来ない？」

「医者が許したらね」

「厭よ。三月もいれば誰でも自己診断できるのに」

「うん……」

「何を考えているの？」

「この社会も肺結核のようだなと一寸《ちよつと》思ったまでさ。いくら、養生しようが、いつか蝕み尽されてしまうのだもの。いくら金の注射しても駄目だ。いつか崩れてしまうからな」

「いつにない悲観屋ね」

「だから楽天家にもなるんだが」

「でも私は死なずに癒ったわ」

「癒ったと思っているだけだよ。ムッソリーニが、主義者という菌を駆除して、健康だと思っているのと同じことさ」

「そんな不景気なこと止めて、早く散歩の用意をするものよ。一時間の散歩をもらっていて、それを利用しないなんて、千フラン紙幣を抽斗に押し込んでおくようなものよ」

「私は詩人ではないから、誤解しないような言い方をして下さらない？」

銀緑色の落葉松の若葉は、若い男女の春を刺激する。そうした森の細道で、パラビチニとミリッザとの会話である。彼は路傍で春を落し、そこから花が咲くように祈る。

「貴方は結婚して下さる気にはなれませんか」

「お宅では承諾しましたか」

「数日中に帰国して承諾を得ます。しかしその前に貴方から愛の証拠を……」

「待って下さいな。結婚問題ならその承諾と財産とを明らかにして頂いてからにしましょう」

「しかし間もなくお互いの国に帰ってしまいましょう? その前に——」

「男らしく言っておしまいなさいな」

「貴方の最後の……大切なものを頂かなくては」

「今晩夕食後でも部屋で待ってますわ」

「メルシ、メルシ」女に接吻しようとした。

「いけません!」

「今晩許して頂けるのに、今では?」

「何を言うの、貴方が阿片をくれと言っているものと思ってましたわ。私の大切なものは阿片ですもの」

「ミリッザさん、真剣になって下さい。此処の我々の生活は数日しかありません」

「阿片をのんでいるうちに、どんなはずみが来るか、それを利用なさいな。私そんな顔されるのが大嫌い!……サーシャさん。サーシャ!」行く手に見えるサーシャとピエールを見付けて、大声をあげた。

「ミリッザさん、貴方は愛して下さらないのですか」

「そんなこと言っては駄目よ。……でも、私近いうちに決心しますわ。それまで待ってね。今晩は待っていて上げるわ。(二人に追い付いて)私今朝初めてコーヒーがおいしかったのよ。イタリア人が五百人も一度に死んだと思うと胸が空《す》いて。お隣にいた老イタリア人ね。彼はグランドテルにいるのよ。さっき会ったら言ってました。——ロシアの手下共の仕事だ、必ず今に一人残らず牢にぶち込むって。ピエールさん大丈夫？」

「『希望《エスポアール》』という牢に入れられましたよ」

「パラビチニは恋愛牢にいるの。サーシャさん、この人ね、私を結婚牢に突き落さないと承知出来ないらしいわ」

「お目出度《めでと》う」

「まだよ、厭ね。この人は喜ぶでしょうけれど、ね。パラビチニの財産の額で私は決めようとするのに、それが待てないんですって……だって二人が結核患者《テユテユ》ですもの。お金がなくては——」

「好きなら、一緒になれば一番簡単だ」

「ピエールさん、此処はロシアでないから、そう簡単に行きませんわ」

「二人で別々でも暮して行けるのに、一緒になって暮せない道理がありますか」

「だって問題は結婚ということに在るのよ」

「だってそれ以外に結婚があり得ますか」

「私、いつだってピエールさんとは話がぐれてしまうのよ。共産主義者は、頭の構造が違っているのね。やはり病院送りしなくってはなおらない病気ね。サーシャさん」

「貴方もロシアで一年暮せばその構造とやらが変るかも知れないね」

「それより、私は結核のない国に行きたいわ。パラビチニ、厭よ、そんな機関車のような溜息しては。……だけれど、ピエールさん本当なの、爆発事件が共産党員の仕業だってこと?」

「何でも悪いことは共産主義者の仕業ですよ」

「憾ってるの? でもファシストよりコミュニストの方が余程正義心があるわね」

ピエールは久振りに朗らかな笑いをした。

「ミリッザさんにあっては、どんなことも茶化されてしまいますのね」


カルナバルが来た。コーにある大療養所は次々に送別の仮装舞踏会を催して、お互いに患者を招待する。シャンパンに浸り、踊り、接吻して、皆山から里に下りて行く。全快した者、医学的に全治と見做《みな》される者、経過の良好な者、或いは永久に去る者、再び十月登る者、総て健康者の世界に帰る祝宴だ。夜を徹して、喜びの楽《がく》は山に反響する。沢夫妻も子供の待つパリに帰ることになった。「希望《エスポアール》」は前日から化粧した。ジャズバンドがモントルーから登って来た。患者は変装に数日のキュールを犠牲にした。サロンと食堂が一大舞踏場に作られた。夕食後間もなく舞踏会への誘いの音楽がはじまる。エレベーターは、次々にカルメンを、マノンを、ホッテントットを、コザックを、椿姫をはき出す。皆会場の周囲の椅子を陣取った。踊る、笑う、飲む、テープをなげ合う。色と音とが乱れて、結核菌は塵《ちり》と音に散じて、皆健康者になった。山を降る許可のあった者は、この祝宴に出るのが山上の習慣である。沢夫妻も、日本キモノで片隅に席をとり、夫人は請われればダンスの相手もした。

外からの客が次々になだれて来て、景気を添える。各テーブルは知合いを集めて、賑《ふく》れる。グランドテルの客の一群の中に、タキシードのベルトランを見付けた時、沢夫人は狼狽《ろうばい》したが、彼はにこやかに、礼儀正しく夫人に握手した。夫人は彼を沢に紹介し、自分の食卓に招いて、既に席に在った中学教師夫妻、レカミエに扮《ふん》したサーシャに引合せたが、少しの不自然もなかった。

「デュデュも貴方の全快速度には驚いて喜んでいますよ。初めての日本人だったし、大変心配したが、東洋人はやはり、白色人種より抵抗力が強いと言っていました」ベルトランは沢に言った。

「奥さんその後如何《いかが》でございますか」

「女は全快率が低いそうです。もう諦めております。何しろ手遅れでした」

「東洋人はストイックで闘病的だそうですから、いいのですな」

そう中学教師が言った。その時ワルツの曲が始まり、礼儀に従い、ベルトランは夫人に踊りを申し込んだ。

「私は仰天してしまったわ。意地悪さんね」

「お別れもしたかったし、……」

「パリに来ない方がよくってよ。私達は六月の末までパリ、七、八、九月はシャモニー。十月の船をとりますの」

「シャモニーはいい。アルプスの麓《ふもと》で景色はよし、僕も別荘があるから出掛けられるし」

「エゴイストさん」

「六月上旬、僕もパリに行くよ」

「でも私忙しいのよ」

二人の周囲には肉と香が渦巻いて、音楽が脚を滑らせる。アンコール。

「僕たちのことご主人は知っている？」

「余計なこと言い出すものではありません」

「僕日本に行こうかしら」

「？」

「遊びに。職業はなし」

「日本は住み悪い所よ」

「金はあるし」

「奥さんをどうなさる？」

「今に死ぬさ」

この言葉は夫人の脚を踏み違えさせた。夫人は不機嫌になった。

「厭。貴方がそんなこと考えるようになってはおしまい」

夫人はその次から踊らなかった。

年一回の無礼講だ。酔うのも許されて、シャンパンの栓が四散する。ミリッザ嬢は花嫁になって沢のテーブルに足取りも乱れて来た。

「サーシャさん、私今夜こそ花嫁よ」

「お目出度う。誰の花嫁？」

「ムッシュ・サワの」そして沢に踊りを申し込んだ。ワン・ステップ。沢のテーブルでは愉快な笑いがした。

「私は貴方の花嫁よ」

熱い息が沢の耳元でする。

「私は貴方を愛していた。貴方の花嫁よ」

沢は彼女が酔っているものと思った。白い長いベールに、段々重くなる足がもつれる。薄物を通じて胸の波動が、沢の胸にも感じられる。沢は踊り悪くなった。曲が終っても腕を離さず、アンコールがあると、沢の言葉も聞かず踊り続ける。

「気持がお悪いのですか、ミリッザさん」沢は不安になって娘の顔を覗き込んだ。

「貴方に抱かれて死にたかったのです」

沢はその顔色の変化に驚いて、そのまま軀を支えて会場を出て医療室に向った。白の頭巾を飾る桃色のバラの花が床に散った。

「貴方のお部屋へ」娘は吐息したが、力がなかった。

娘を診断した宿直医は、毒を飲んだろうと言ってその手当をし始めた。沢は医療室を出てから、誰をも妨げぬように食卓に帰った。シャレストンの騒音がしていた。妻は不安気に夫を見た。

「シャンパンがきき過ぎたらしい」

沢はベルトランに言った。

「軀はこわしてはならない。何事も去って行く……」

沢は機械のように動く数十本の足を見ていた。

「俺達の階級はこうして亡びるのだ」

ピエールの言葉をふと思ってサーシャを見上げた。そこにも酔えない顔が浮いていた。


〔1930（昭和5）年4月「改造」初出〕

結核患者
（或るコンポジシオン）

「忍耐」の人々

「貴方、咳が出ますよ」

エーン県の山村の駅トネー（巴里《パリー》から東南八時間）。構内にはユラ山脈の一部がはみ出て、枯葉を撒いて居る。潤んだ電燈が霧にぼけて佇む。

日本人、杉夫妻は今、ニース行列車を下りたのだ。オートビル行きの山岳電車には間がある。自動車を探して、療養所に行く一青年を拾った。

「箱根のようだろう」

車は燻んだ工場街を抜けた。双方に切り立った山の峡間を縫う。十月の陽は暮れて、霧もある。山気は膚に重い。杉は沈黙し切った車内に堪えられなかった。妻は妻で、窓から顔を離さず答えない。

「日本にここと同じ景色の処がありますよ」

杉は止むなく、同乗の青年にフランス語で話して見た。

「貴方方は日本人ですか、私はロシア人です」

そのまま又沈黙。

山道を攀《よ》じれば霧は晴れる。紅葉した樹々が窓を掠る。峡《はざま》の様に暗い丘道の行手、車の屋根の上に燈火《あかり》が——

「あんな高い所だろうか。」リズムカルな車の軋りの他には答がない。

「赤坊のことを考えている？」

巴里の「赤坊の家」に託して来た子供のことを程経て言ったが、妻は気味悪く動かず、一言も発しない。車は暗く、杉は妻の瞳が見えなかった。

巴里で始めてのお産をして、三ケ月目に夫を病院に送り、そこから半年振りに死を逃れる様にスイスの山に伴い、殆ど全快したと思って赤坊の許に共に帰って来ると、十日も経たぬのに巴里の霧が胸を暑くし、赤坊を離れて再び山に帰れと言う医者の忠告。漸く歩き始めた子供を、全く知らぬ毛唐の家に残して来たのも寂しいが、何時、この田舎から巴里に、そして日本に帰れるか、不安は妻の耳も目も利かなくした。

「高原です。ここ迄登ると霧もありません」

今迄黙り続けた運転士がほっと放った。療養所迄二十分もかからぬこと、向うに見えるのがオートビル村落の灯であることを説明した。

「月が」

妻が始めて声を出した方に顔を寄せて、右側の窓から、東に黄色い満月を杉は見た。その月の直《すぐ》左側に、無数の電光で輝く大宮殿が——

「あれが『忍耐』です」

「忍耐？」

「療養所の名です」

「忍耐。忍耐。」

この言葉を何度も杉は腹の中で言った。


高原の朝は里から登って来る。パン屋の車や牛乳屋の馬車に乗って。馬車の喇叭《ラッパ》が「忍耐」の坂道を登れば、療養所では下男が起る。黒衣の尼さん達が長い裾を引きながら、裏のチャペルに消えて行く。祈禱所の鐘は遠慮をしない。看護婦は各階（七階ある）の眠った病室の窓を閉じねばならない。

病室では咳の音、計温器の水銀の上下運動、看護婦のアルコール摩擦、そして一日一回の郵便配達が済めば、それでこの三百人の「忍耐」の人々の、胃拡張の様な一日が滞りなく始まる。

「貴方でしたの。」

看護婦に起されたのが不服で、再び軀を床に投げ出してしまったのは、五階百十二番のビグラン夫人。

「アルコール摩擦をしませんと。」

看護婦の言葉を腕で拒んで、さっき迄の夢を追おうとした。

「コーヒも冷えてしまいますよ。」

「……」

「霧も晴れそうですよ。一拭い致しましょう。奥様元気を出して。」

物馴れた看護婦は、オードコローギュを湿した手袋をはめて、白い毛布を剝いでしまった。

「私の所に郵便は？」

「ございません。」

夫人は起き掛った姿勢をそのまま床に崩して、看護婦を帰そうとした。

「今日、日本人夫婦が着きますよ。」

「夫婦が？　二人悪いの？」

看護婦が気を引き立てようとして転じた話に、強く釣られた。

「一人は付き添いでしょうね。」

夫人は、そうして二人で来る者の幸福を思った。

「他には来ないの？」

「ロシア人が一人。」

「え、ロシア人？」

「どうしました？　お顔色を変えたり。」

「何でもありません。」

夫人は不吉な影を消そうと坐り直った。そこへピエラ嬢が入って来た。

「熱は？」

「計らないの。」

これだけで、ピエラは友がどんな状態にあるか読める。——肺病と解ると、愛すればこそ、求めて夫と別れて来たが、二年間夫の愛の証拠を無駄にも待ち、この一年、毎日夫の手紙を待ち倦《あぐ》んでいるが、今日もと思うと、友の顔を真面《まとも》に見る元気がなかった。

「今日も霧ね。マンジニーの塔も見えません。」

若いピエラはキュール（回廊）を覗く様に立っていた。

「ピエラさん、貴方夢を信じますか？ 予感など。」

「いいえ。でも貴方が信じられればそれで良いでしょう。何かあるの？」

この娘は、無神論者ではあるが、それでも話さずには居られないものを、看護婦が残して行った様な気がした。

「今日、ロシア人が来るんですって。」

「どうして御存じ？」

「青年ではないかしら。」

「ええ、私の従兄ですもの。」

「貴方の従弟ですって？」

そして投げ出す様に急いで加えた。

「丈は一米《メートル》七八十位。髪は金色。目は碧。顔は面長。え、そうでしょう？　え。聞かしてね。」

「私、十五、六年振りですから、良く覚えていませんの。」

夫人はその答えを吐息で受けた。


レオ・チェケゾフは、ピエラに連れられて食堂に降りて来た。杉夫妻と彼が、療養所「忍耐」に着いたのは、夕も遅く、食堂には既に談笑の声が、華な電光の中に閃いていた。婦人達は肩もあらわなデコルテを付け、避寒地のホテルを思わせた。

「皆、病人の家族ですか。」

皆咳一つせず、肉付き良い顔に楽しい興奮さえ見せている。室内音楽は彼等の緩んだ胃袋に食欲を覚まそうとしている。

「悪い人々は、降りて来るお許しが出ませんの。」

そう言いながら、ピエラは又思い出した様に、従兄の顔を見詰めた。

「そう、貴方は金髪、碧眼、面長、一米七八十あるのね。」

この言葉にも注意せず、レオは、従妹を食堂の隅に陣取った青年の方に向けた。

「国家試験に無理したんです。右は全部冒かされたし、左も相当悪いそうで、プヌモもトラリコも成功しないんですけれど、サノクリヂーヌが大変利いたと言ってますの。」

「まるで医者だね。」

「三月も居れば誰でもなりますわ」

「僕もなるかな」

「だって、近くロシアに帰るんでしょう?」

「病気が癒らなければ」

「貴方が?」

ピエラはフォークを皿に落した。

「貴方も。……お見舞に寄って下さったと許り《ばか》思ってましたのに」

二人は黙った。食堂の談笑の声が、ピエラの耳許に唸っていた。

「矢張り、巴里の生活が悪かったのね」

程経て娘は、吐息しながら、広い肩など眺めた。

「一ケ月位居れば大丈夫と医者は言うのだから」

皆そう言われてここに来るが、半年で帰った者が無い。それを思うと、医者の言葉をそのまま信じて居る従兄がいじらしかった。この頑丈な体格をも蝕む病根が如何に恐ろしいか、頭もうずく。

「肉が多過ぎる位でしょう? 皆沢山食べて、体重が何瓦《グラム》増したか、毎日大騒ぎで秤るのよ。ピエールなんてこの上肥えなくても良いでしょうが」

こんな風に娘は陥った沈黙から抜けようとしたが、二人とも多くの皿を黙って眺めて返した。

「時間が厳しくて生活が大変ですけれど、直に馴れますわ。医者から、守る規則を頂戴しないうち、勢々享《たのし》んで置くことね。」

ピエラは、一通り案内してから、もう寝る時間だからとて独り部屋に去った。

レオは、階段を昇って行く従妹のすっきりした後姿を仰いで、その澄んだ美しさを病気のせいにした。彼は冬の宮殿と言われる硝子部屋に出た。その一隅にも数人の婦人が、煙草の煙の中から癇高い声を放送していた。

「ピエラさんの許婚《フイアンセ》？」

ビグラン夫人は彼を見ると驚いて立上った。彼もまたぼんやり立止って、直に次のサロンに移った。そこでは若い人々が、ピアノにシャレストンを叩いて踊り、笑い合って居た。隅の方には、同乗して来た杉夫妻が、つつましやかに写真帖を見て居た。

霧の無い高原の秋は全快した朝の様に爽《さわやか》だ。芝草は緑を地平線に拡げる。遠いスイスの山々も、村の教会の鐘楼の屋根に掛って見える。牛の頭に掛けた鈴は、高い空に反響し、野には病人のかざす陽傘が咲く。

「忍耐」は高原の北隅に聳えるレマ山に倚り添って立つ。海抜千米。そこからアスファルト道が、療養所《サナ》、ホテルを繋いで斜に部落に滑って行く。しかし晴れた日の高原は、望み次第道を提供する。草は靴に柔い。香が高い。胸がふくらむ。

一夜で健康になった様に、レオは口笛に足並を合せて下って行く。

「まあ貴方ですの？」

郵便局の横からビグラン夫人が呼び止めた。抱えた花束の上に覗く女の顔も、開き切った花だった。

「……？」

二人は直に並んで歩いて居た。何と話す可きか、余りな晴天に、夫人は若く美し過ぎた。

「貴方は御病気に見えませんね」

これを合図に夫人は立ち竦《すく》んだ。黙ったまま急いで彼に背を向けた。驚いて見送るレオに無頓着に、右に曲った。

「あの声、あの言葉、そのままだった。」

雪道に腕をかして、「鬼の巣」に登った彼、ピレネーの奥、ルールドの霊地に伴った彼、あの目、あの髪、皆夢に見た――そしてあの言葉、あの音調……

不幸の予感。それが実現しないと誰が言えよう。結婚前未知だった夫、ローアル河畔の古城で共に暮した春、フロレンスからベニスに出て、最初の咯血、みな夢で予見したことだった。

……

「珍しく早いので、貴方ではないと思ったわ。」

薬屋からピエラ嬢が出て来て、夫人の空想を阻んだ。

「貴方の従兄は何と言うお名前？……レオ・チェケゾフですって？　矢張り、レオ、レオね」

「何を感心しているのよ」

「私に引合わせないで頂戴ね」

「御主人にそんなに似ているの？」

娘は朗に笑った。この笑が無かったら、夢の秘密を打開け度かった。


十月半ばなのに、蒸し暑い気狂い日和だ。キュールに横臥した軀が汗ばむ。病人の胸は重い。

三時の検熱には、どの水銀も赤線を越えた。レオでさえ午後の散歩を棄ててしまった。

レオの病室、百十番の真下は四階八十七番。そこでは、ルブル夫人が終日横臥して、ピエラ嬢を待っていた。切り下げた前髪の下に、涙を湛えた黒瞳を覗かせて居る所、二十三の人妻とは受け取れない少女だ。

「熱があるんですか。陽気のせいよ。私の従兄など、医者は何でもないと言うのに、今日など矢張り起きられないのですもの。元気をお出しになって！」

「………」

「又カファール（解《わけ》もなく悲しいこと）なの？　さあ、キュールに出ましょう」

結婚した女は不幸だ。

「ルブルさんだって、手紙を書けない日があろうし、一々気にして居ては駄目よ」

ピエラは友をキュールに誘った。

「部屋にあるモーリス（夫の名）の写真を、みんな持って来て下さらない？」

十数枚の写真をキュールの小机に飾った。コンスタンチノープルに居る夫からは、一週一回の郵便も今朝は来なかった。結婚して六ケ月目に病みついて、フランスに療養に来て居ても夫は矢張り恋しい。

「私、海が見たかったの。私の家からは黒海が毎朝見えるでしょう。波の音は夜も絶えないのに、ここはただの草原、私、頭がからっぽになって……。私、モーリスの手紙をそう待ってませんの。義務に書かれたら辛いものね」

「でもお手紙貰った時は有頂天になるではないの？」

「それは当り前だわ」

「正月のお休みにはお出るでしょう？」

「ノン、私を迎えにか、私の葬式にかでなくては来ませんわ。……幾時《いつ》の事やら」

「そんなにお忙しいの？」

「お互の生活があるものね」

分別深い言葉が微笑を招く。

「本当よ、結婚なさって居ない貴方には、解らないことが沢山ありますわ」

好きな友達同志にある隔りをこんな風に解釈した。

「何でも話して下さらない？」

「話せないこと、話したらお仕舞のことがあるの。結婚なされば、顔を合わせた丈で解ること
なんだが」

「早速結婚して貴方の卜者《ソルシエール》になりましょうか」

夫人は漸く笑った。その笑いが長い咳を伴った。気温も急に下っていた。風が山を駆け下り
て来る。ピエラはキュールの日除けを下げようと立上った。ユマ山は黒雲に包まれて居た。雲
の中から摩擦音が聞える。風が日除けを揺る。雨を投げつけ始めた。

「大変！　夕立よ。お部屋へ。早く、早く！」

「レオ、貴方も部屋に入らなくては駄目よ」

ピエラは上の従兄に注意した。療養所は小学校のように騒がしい。雷光が笑と叫びの中を走っ
た。

ルブル夫人が部屋に転げ込むと、ドラフンと言う青年が立っている。戸も叩かずに。

「ご免。ピエラさんが居るとは知らなかったので。……キュラソーを貰うよ」

「押入れから出して行って」

「八十番でブリッヂをして居るから後で来給え」

この粗野な大きい青年とか弱い夫人とは、思い設けぬ対照だ。ピエラは辛うじて引張り込ん

だ長椅子に友を横にし、自分も並んで臥した。高原に狂う暴風雨が聞えて来る。昔、祖父、C子爵等と、革命をのがれて、ストックホルムからロンドンに渡った船の暴風雨の記憶。この友と青年との関係を知った今、北海を渡った少女時代の頼りなさが甦える。ここに暮した二年間に飽く程見たものの一つではないかと思っても、この二人がただの友達であると思って見ても。風雨の中に立つ高楼は、ル夫人にバルチック海を渡った船を思わす。しかも僅か五ケ月前、夫と越えた船室を。この間にどんなに自分は変ったか。

隣のピエラに熱くなった目を向ける。ピエラの端麗な顔、崇高に緊った唇。夫人は隠してはならないと強く打たれた。

「許して下さい」

手をピエラの胸に置いた。

「………」

「許して下さい」

起き上って、ピエラの両掌を握った。

「話せないこと」がこの娘にも解った。

「軀を毀さないようにね」

「私はもう駄目です」

膝に泣き伏した。

「考えてはいけません。何でも去ってしまいます。病気を労わって居さえすれば……」

二人の若い女は、暴風の中の木の葉の様に、寄り添って居た。


上の百十番の部屋では、レオがキュールに頑張って寝ている。雨は長椅子迄降り込む。雷光、雷鳴は日除を揺ってキュールに一杯になる。

「助けて！」

叫びがした。戸の開く音がした。

彼は風に吹き飛ばされながら、キュールから部屋に来た。

「助けて！」

ビグラン夫人が転がり込んだ。雷嫌いな夫人が、一つ置いて隣の部屋に避難したのだ。彼は震える夫人の軀を抱いて、部屋の奥に運んだ。

「安心なさい」

彼は女を抱いたまま、キュールの窓を閉めた。その瞬間強い光が部屋を撫でた。硝子を破る許りに雷が建物を殴った。女は叫声を挙げながら男の胸にひしと顔を当てた。男は女を寝台に連れて行ったが、女の胸は男から離れなかった。雷雨は高原に狂った。男女の唇は一になった。療養所は海底に沈んだ。暗い。静寂。そして二つの心臓の音が地下室でする。風と雨は頻に二人の日除を叩いた。

五階の掛りの尼さんは、黒の長い裾を引いて細長い廊下を滑って行く。小形の聖書と、八分に下げた目は、普段の位置を、夕立に動かされない。しかも停電した廊下を去る尼の姿は、不吉な影だ。その黒い影は百十二番に消えて行く。金曜日の四時。ビグラン夫人の懺悔時間。主の居ぬ百十二番に、若い尼僧は、雷雨に揺れる心を握って跪いて居る。その蒼白な顔が入口の方に動いたのは、それから何時間後であったか、ビグラン夫人の乱れた髪が戸口に立った時である。

その翌日から総てが変った。古老の信じた通り、寒気、濃霧、降雪が一時にユラ山脈の高原を襲った。牛は鈴を響かせて里に下った。最後の市場も役場前の広場に閉じた。学校前の坂道は凍り滑る。病人は冬籠りに心緊める。冬を養う為に都会を棄てて来た病人、半病人、全快者などが数日来、療養所《サナ》、ホテル、貸別荘を満員にした。一ケ年振りに会う病友は、その間の経過報告をして互に、去って来た家庭を忘れようとする。

ビグラン夫人は直に部屋を換えた。レオから離れたい。それでも不安だ。療養所を変えねば居られない。

十一月の雪のあった日の午後、「ベルキュー」に部屋をきめての帰り途、レオに出会った。思い切り慍り度い。が跳ね上る喜びが隠くせない。二人は黙って百二十番に来てしまった。

「貴方の部屋は大変綺麗ですね」

「お前と言うものよ」

夫人は部屋に鍵をした。

「御主人の写真？」

「そんなこと訊くものがありますか」

「肥えて立派だ」

「駄々子！」

女は男の唇を求めた。

「何時か貴方の部屋を飾って上げるわ。あれではまるで下宿屋よ」

「もう直、去るんだから」

「お世辞にもそんなこと言う者ではありません」

女は男の頬を叩いた。

「巴里女《パリジアンヌ》って難しい」

女は腹を撚りながら笑った。

「早く接吻するものよ。野蛮人さん！」

強い男の胸の中で、女の肉は暖に顫えた。

「もっと強く、もっと強く」

女の息は男の頸に熱い。白い寝台は二人の横に在る。開いた窓からキュールを越えて雪の上を滑って来る陽が、踊って居る。その時戸を叩く者がある。二人は弾機《ばね》仕掛の様に離れた。

「ピエラよ。間の悪い人。キュールに行って！」

「今貴方の従兄を教育して上げようとした所なの」

夫人は娘を招じながら言った。

「レオのフランス語は駄目ですものね」

夫人はヒステリカルに笑って、友をもキュールに導いた。夫人とピエールは二つの長椅子に、ピエラは傍の椅子に掛けた。

「フェリーさんが駄目らしいのよ。最後の懺悔にお坊さんを探しに遣ったんです」

「坊主なんて誰が呼びに遣ったのだ」

レオの語調は荒かった。夫人は碧い眼をレマ山に投げて、口を堅く閉じている。

「四階の看護婦は皆尼さんですから」

「尼の奴、鼠の様にちょこちょこ歩くから助からん。僕の所へ来たら殴り付けてやる」

ピエラは隣室に死の忍び入るのが怖くて、従兄の部屋に行ったが留守、そこでここに来たのだ。が、食い違った感がして話が続けられない。ピエラが黙れば二人も黙る。男女の心臓のみが、血眼の底で唸りを立てる。六時の検温鈴が鳴った時、ピエラは重い心を持上げた。その時既に男女の唇は合した。二人は転げる様に部屋に入った。女は込み上げる涙で何時迄も、男の胸をうるおして居た。二人は遂に夕食に降りなかった。

ピエラはそのまま部屋に帰った。薄暗い廊下の隣室の戸口に、二人の尼さんが立っていた。彼女は床に深く潜って何も聞くまいとした。しかし彼女の耳は、床を出で隣室に飛び込み、瞭《あきらか》にフェリー嬢の言葉を持って来る。

「お坊さん、帰って下さい。尼様、お坊さんを帰して……許婚《フイアンセ》を呼んで下さい。お頼みです。……ジャン、ジャン、死ぬものか。ジャン」

ピエラも寝台の中で慄えながら、食堂に降りなかった。


八十番、メルシエの部屋。監督の目から最も遠くて、常に集会所になる。窓際にルブル夫人がドラフォンの肩に凭たれ、その横にシリング夫人が肉付き良い両腕を出してダーム（一種の将棋）を終った所。部屋の中央に在る小卓には、カルタが散っている。メルシエ、ショータン、レビーの三人が、バッカラ（カルタ）を終って賭金の計算中。煙草の煙は、スチームと共に部屋を蒸して居る。そこへショータンの許婚《フイアンセ》、マルト嬢が入って来た。

「日本人はまだ？　ドラフォン、窓を開けて。この煙では、まるで火葬場よ」

「ショータンが一人で喫かしたんだ」

窓を開ければ、そこからキュールを越えて雪の降るのが見える。シリング夫人は、雪を見れば夫を思う。

「ドラフォン、序《つい》でに私の肩掛を持って来てね。……ロンドンも雪かしら」

「晴天ですよ。御主人は今頃散歩して居ましょうね」

メルシエは男には惜しい金髪を撫で上げながら、特長ある笑で言った。

「他の女とね。はっきり男らしく言っておしまい！」

夫人は曇った感情なしに、遣り込めた。

「七十法《フラン》負けた。一日の宿賃だ」

医科大学生のレビーが大声を挙げる。

「日本人は本当に来るの？」

マルトは催促する。

「日本人の奥様に叱られるぞ」

「あのマダム、日本キモノで居れば可愛いね」

「が、日本人が本当に阿片をくれるだろうか」

「本当に持って居るの、誰か見た？」

「食事が終ると、さっさと部屋に帰るのは、食後飲まねば居られないからだ」

「女中が掃除する時、机の上に置き忘れた長い銀のパイプを見たそうだ」

「いいえ、象牙ですって」

「レビー、本当に来るって言ってたか」

「学生かしら、日本人？」

「教授と届出て居るそうよ」

「フランスに来ている日本人は、画家でなければ教授さ」

「だって十七位だろう」

「いいえ、三十過ぎだと言う話よ」

「三十？」

この若い人々は杉を待った。

「誰か阿片を吸った者がある？」

「コンスタンチノープルで経験があるだろう？」

「コンスタンチノープルだって巴里《パリー》と同じよ」

「隠さなくたっていいぞ」

「あったら威張ってやるわ」

「何だ詰らない」

「阿片でも吸って、胸の黴菌共を驚かしてやり度い」

「私は何も忘れて天国へ行く」

「恋も忘れてか、可哀想にショータンを結核地獄に残して行く考えだな」

「結婚地獄よりましよ。大びらで恋愛が出来る丈でも」

「天国の門は親の許さぬ恋人と一緒では通れぬとさ！」

「天国なんか用はない。肺さえ二つあれば」

「俺達は皆天国なんてものには縁はない。二三年間の黴菌の食量さ。勢々享しむのだ」

メルシエは幾つもの杯に酒を充した。外には小雪が乱舞する。

この時杉は八十番を叩いた。


「日本では法律が禁じています」

「人妻をおかすことも、禁じられていながら行うでしょう」

「阿片を吸うことに就いて、何か聞かせて下さい」

皆の注意は杉に集る。

「……」

「説明出来ませんの？」

「巴里には沢山阿片を密売する家があるそうですね。シリングさん、ロンドンにもありましょう。欧洲の大都会には多いそうではありませんか。社交会の人々がそんな場所に平気で出入するって、本当ですか」

「東京では家庭で吸いますの？」

「阿片を？　東京では見たことがありません」

「田舎へ行くの、そんなに警察は厳しいの？」

「日本では一人だって、阿片の存在さえ知りません」

皆顔を見合わせた。

「シャンガイでは路傍で皆飲んでいましょう」

「上海は支那です。マルトさん」

「私、支那も日本も同じだと思ってましたわ」

「日本にも、フランスとドイツと同じ国だと思っている娘さんがないとも限りませんが」

「君、理屈は兎に角、僕達に御馳走してくれませんか」

「阿片の！」

杉は腹立たしかった。

「お部屋の銀のパイプは？」

「いいえ竹よ」（誰か註を加えた）

「僕達は決して君を責めるのではなく、お頼みしようと……」

「解りませんが」

妻の持っている毛筆が浮んで来た……。

「あれは日本のペンです」

皆驚いた。

「妻が、日本の詩を日本紙に書くのにはゴツゴツした西洋ペンを使えないので、日本から持って来たのです。あれが阿片用のパイプなら、私も喫かしたいものですが、そんな訳で大変お気の毒ですが……他に御用が無かったら、私はキュールの時間ですから」

杉の去った後は、雪の足音も聞える程、静寂になった。各自、一寸心を覗き見た。しかし直にカルタが播かれ、酒が注がれた。

「私もキュール」

ルブル夫人は立上った。送ろうとしたドラフォンを拒《しりぞ》けて、ピエラの部屋に昇って行った。穢れを浄めないでは居られない様で。

「私も」シリング夫人も立上った。続いてマルトも。二人はエレベーターに入ったが、そのまま部屋の四壁に囲まれるには寂し過ぎた。

「五階？」

マルトは夫人の顔を仰いだ。夫人は答えず地階へボタンを押した。エレベーターから、二人はカジノ（金を賭る遊技のある部屋）に吐き出された。そこでは円盤の数字の上を、小さい玉が踊っていた。玉の歩みに数人の男女が熱を上下していた。

その夜、ショータンはマルトの部屋を叩く。マルトはキキー嬢から編物を習って居た。二人は無邪気で快活なので子供の名で呼ばれる。

「そのシャンダイが終ったら、私のと一緒に巴里に送りましょう」

キキーは貧しい。キュールの無い部屋で倹約し、キュールはピエラのを利用し、暇の時間は編物をして、製作品を巴里へ送って僅でも稼ぐ。マルトは孤児。有福ではあるが手仕事が慰み。二人は互に打開けられる秘密がある。キキーは、「醜しい故に」許婚《フィアンセ》に棄てられ、その悲しみの果てに血を吐き、「貧しいが故に」長い静養も出来なくて、冬の三ケ月を山に暮すことで満足しなくてはならない境遇。マルトは、両親を知らぬ悲しみの上に、スイスのレーザンで恋に陥てフランス迄来たが、ショータンの家庭が結婚を許さない辛さ……。

「私は何人も子供が欲しかった」

編物の針を休めて、キキーは言う。外は暗く東側の窓を叩く雪が、室内を益々湿やかにする。サロンのラジオの音や、カジノで騒ぐ人々の声が、三階迄登る。九時半を告げる教会の鐘が、風に吹かれて来る。ショータンの顔は赤かった。

「又飲んだのね。負けたからって、自棄に飲んでは駄目よ。……いいのよキキー、この人直に帰ります」

マルトは針を持ったまま立上り、恋人に寄り添い
「今晩どれ丈入用？」

「二千法《フラン》」

彼の家から送金を減じて来るのは、彼女に因がある。殆ど全快した彼が、家人の意志に叛い

て高原に留るのも。それ故マルトは、バッカラで負けて来る彼を咎められない。

「いいのよ。私今手許に無くても、あす銀行に行けば、今月の残りもあるし、……だけれど酒丈は止めてね。折角良くしたんですから」

「お前の世話になり過ぎるし」

「何時かは私の物は貴方の物になるのですもの」

彼女は財布を男に渡し、笑いながら言った。

「お前熱があるのだろう。休んだ方がいいよ」

男が去ってから、マルトは友に訴えた。

「彼も今に、私から去って行くのだとはっきりして来ましたの。お金のことが無いと私の処に参りませんもの」

「レーザンでは貴方が看護して癒して上げたと言うではないの?」

「その代り、私がこんなに弱ってしまって」

レーザンでは医者が帰国をすすめた程全快した。若し親が待って居たら、たとえ恋があっても山を下りたであろう。雪に埋れた二年の療養生活は、監獄よりも辛かった。恋人の病状がもっと軽かったら、待つ人が無くても巴里に帰ったであろう。昼夜の看護で何も紛れてしまった。そして彼が癒った時には——巴里に帰れる時には、彼女の熱は再び午後に昇る様になった。しかし一度得た下山の許可は、彼女の心を高山に留めなかった。二人は山を下りたが、巴里に行く途中、ジュネーブからオートビルに来なくてはならなくなった。

「それにショータンの家では、何とかして彼を呼ぼうとしていますし」

「そんなにいいの?」

「今の処《ところ》病症がないんですって。医者も帰って差支えなかろうと言うのよ」

メルシエは自家用の自動車を駆って山を下りる。雪は暗夜に降りしきり、何度も警笛を鳴らしながら、池畔からアンベルギー城下を通って隣村ロンプネに着いた。既に十時近く、別荘群の中に在るA夫人の小さい家が、その夜は特に寂し気に惨《みじめ》に見えた。長靴に踏む雪は柔く、顔に当る粉雪は針の如く、冷い空気は深く包んだ胸で肺を焼きたてる。一週一回夜会う女の用意してある暖な床に急がれて、機関部に毛布を掛けることをも忘れ、四五段の階段を転げ上った。しかし戸は内から鍵がかかってある。「他人を訪問する様」に、ベルを強く押すのも普段と異った迎え方で、面白味を感ずる程、幸福であった。

やがて重い足音がする。戸が開く。黙って入ろうとする彼を、いつもの老婆は頑固に阻んで、調子張った声を立てた。

「オートビルですか。右の道をとってお城の横に出れば十五分位です」

驚いている彼には、小声でAが突然訪ねて来て、当分滞在する旨を告げた。そして戸は大きい音と一緒に彼の鼻先に塞がった。彼の目が明るい夫人の部屋に転ずると、手は自然にベルの上に動いた。

「雪で閉口していますが、熱いものを下さいませんかしら」

門を開けた老婆の困った顔に大声をぶちつけた。直に内から女の声が答の代りにした。

「誰か知らないが、こんな遅く失礼な。お前早く閉めておしまい。馬鹿な婆やね」

石でも投げ付け度い。雪は深く、咳も出るので、ハンドルを取った。

「Aの奴が一週間も居て見ろ、お前は弱ってしまうではないか」

彼は道々吐息と共に凍ったハンドルに吹き掛けた。彼は父を通じて、父の仕事の関係者であるAと夫人を知り、夫人とお前と言う間柄になって二年。二人の病気は軽く、殆ど全快したのに、夫人は彼との生活に便じようと、夫の仕事場なる巴里を遠ざかり、冬はロンプネに、夏はエッキスレ、バンに静養し、彼は又その影の様に従って歩いた。彼は夫人と同年の二十九。フランスの金持息子がそうであるように、社交界を泳ぎ廻り、カジノに金と時とを使うより他に能はなく、仕事が出来る程全快しても田舎に留まり、自動車を駆って遊んでいるものと思う彼の父は、却ってそれを安心な、金のかからぬこととして喜んで居る。療養所には既に四五年も滞在し、勝手も解り、厳しい規則的生活をも潜り抜けることを知り、医者も殆ど全快した彼には気ままを許しているが、彼は長い山上の生活で得た、度を失わないと言う習慣から、外泊は土曜日一回にきめている。

部落の小綺麗な酒場は人気《ひとけ》がなく、ストーブの火の前で主婦が編物をしていた。

「何しに来たの？　この雪に」

主婦は長く病人相手をし、この人々に特有な悩みも解り、顔色を通じて病気の程度も判じられる。

「貴方なんて病人でも無いのに、早くこんな処引上げたらどうです」

酒を注ぎながら続けた――

「毎年冬になるとやって来るが、いいかげんにするものです。この山には長くて三年が期限。その間に良くなるか、死ぬか。貴方などぐずぐずブザンソン博士の厄介になるなんて意気地がありませんね。貴方の様に自動車に乗り、酒を飲み、女の尻を追い廻していてテュテュ（肺病）だなんて、お天道様が承知しません。御覧なさい。マンヂニーでも、どこの民衆病院でも貧乏人で一杯です。ろくに食えずに働いてこそ肺病になるんですよ。たらふく食べれる者が、肺病になる道理がありませんよ。」

「『忍耐』はそう言う人で一杯だよ」

「あの人々ですか、皆プール（高等淫売）でさね」

主婦は吐き出す様に言った。

施療病院の人々

(宮殿のような檻と背を合せて、じめじめした暗い檻があります。こちらも一寸御覧下さい)

フィリッポ、アンベルギ、……そこには男の群。

マンヂニー、サンタマリア、ボンマルシエ等々。どの檻にも数百人の女が呻いている。

人間の掃溜、施療病院。

……………

巴里から帰った日本人が、微笑で囁く——巴里の女。モンマルトルのカフェの椅子に集る、頬を染めた女。大通のショーウインドーの前でそっと男の足を踏む、瘠せた女。レビューを踊りながら、舞台で男を釣る軽い女。彼女等は、地球の隅々から吸われて集る男の紙幣と、「女の一夜」を交換する。相手を選ばず、毎晩の交易。——パンが欲しいからだ。こうして得た食物も、女一人の軀をさえ肥らせない。彼女等の行く手が、「サンタマリア」だと、女から不当に歓楽を買い取って行く男達は考え及ぶまい。男から精気を抜き取られた女の軀は骸だ。化粧したからとて、命は吹き込めない。

南に斜面をなして造られた「サンタマリア」の硝子の広間には、こんな軀が無数に列べてある。その深い眼には、男なしに生きる穏さを映して、闘病力が読めない。——癒れば又この花園を（寝ていて食える所は彼女等の花園だ）追われて、男の餌になるのだものを。

「煙草を誰か隠して居ない？　一本」

「小使を送ってくれそうな男の名を考え出そうとしたが無駄。こんな軀に男は用がないものね」

「巴里も霧かしら？」

「巴里なんか忘れないと巴里へ帰えすぞ、と先生に叱られたのよ、私。」

こんな会話が、長椅子の間を往来する。

サンタマリアの隣、七階の大建築がボンマルシエ。ミディネット（正午の女）の収容場だ。巴里一の百貨店ボンマルシエの所有者が、生前搾取した売子の怨霊に悩まされてか、極楽行きを祈念してか、遺言状にこのサナ建立を書き加えた。

黒の着物を意気に着てお客を呼んでいる売子達は、午の休の外出に、生計の不足を稼ぐ為、微笑を売らねばならない。——と言われるミディネットは、瘠せた女が美の流行である故に、営養不良の軀をば、浮身をやつして瘠せようとする。目には美しく窶れた頃、彼女達は疲れを感ずる。瘠せが止らない。軽い咳が出る。肩が凝る。微熱。咯血。その時彼女達には墓場とボンマルシエの門が開いている。

そしてボンマルシエは常に満員だ。

女が集れば姦《かしま》しい。泣く、歌う、饒舌る。——小羊の群ではない。尼も興奮する。感化院だ。

この喧騒の向いが沈黙の城、フリップ。

厳しい城門を入れば、広い前庭がある。突き当りは旧い壁に小さい戸口。庭には花壇もあり、彫刻も立つ。しかし日向ぼっこする男達は！　窪んだ眼、落ちた肩、枯れた四肢、――これがフランス人であろうか。

フランス国家は緩急な場合には青年が必要だった。ドイツの進軍喇叭を聞きながら、国家は青年に呼び掛けた。青年の心は愛国心に燃えた。彼等にはフランス丈《だけ》が存した。祖国の為に！　何年戦線を守ったか。

国を挙げて戦勝に酔う時、或る者は戦場から帰らなかった。或る者は毀れた軀を祝宴に晒して辱しめられた。或る者は毒斯瓦に蝕ばまれた肺を高原に齎して来た。戦が終れば、国家はそれ等犠牲者に用はない。無名戦士の墓に花を絶やさなくても、生きた骸には、安な床を与えない。何の為の戦争であったか――高原の吹雪の中で同じ事を繰り返して考える。国家とは何か。

三十を漸く過ぎた彼等は、春を持たずに枯れて行く。その目の光を御覧なさい。忘恩の国民を怨む。苦しみを知らない次の時代を羨む。しかし黙った者の不平には国家は聾だ。

そして城門を潜るフランス人は、この人々も同胞かと、目の角度を変えて過ぎる。

年も暮れようとする或る日、フリッポの患者には大事件が勃発した。大体良い患者には、部落で職業を探すか、故郷に帰れと命令が出た。職業は村役場と協同して、適当なものを授けると言う。長く良くない患者は、全快の見込みないものとして退去を命ぜられた。その数百以上。病気は長引いて退院する者は少いのに、新に申込む者は殺倒している――これがその理由であった。

「私達はここを出れば死なねばなりません」

「ここに居たから助かるか。それは神丈が知る事だ」――R博士の答。

「――?」

「君達はここで一年療養して、療養の方法を充分会得した。故郷に帰ってそれを実行すれば良い。この病気は長い根気を要するのだ」

「帰っては食えないのです」

「私達はここで完全に良くして貰う心算でした」

「私達を不治だとお決めですか」

「帰る処がありません」

「戦死すれば良かった」

「余りだ。余りだ」

医師も事務長も、黙って帳簿に視線を置く。

「私達はどうなるでしょう」

「どうしたらいいでしょう」

「私にも解らない。戦争の結果病んだ者は恩給省に請願書を出して見るのも一法だろう。私は只上司の命令に依って、皆さんに近く出て貰うことになったと告げる丈です」

こうした人々が長く留まっては、統計上の成績が上らず、国庫又は公共団体の補助を仰ぐことが出来ないと、事務長は告げられなかった。事務室に集まった人々は、慄える足に軀が支えられなくて、黙りこくって互に寄り合っていた。事務長は、看護卒を呼んで、皆んなをキュールに去らせた。

キュールに軀を横たえると、そこから墓場迄一直線に思われる。土竜《もぐら》の様に塹壕に伏して敵弾を待った日も、これに較べれば堪え易かった。

「どうする?」

「どうする?」

長椅子の上を波動の様に、この言葉は揺れて行った。

その時、多くの者の頭にはレオの影が浮んだ、――良くここを訪れて、「労働者と農民の国」のお伽を聞かせてくれる青年に、頼れないだろうか。

「あの青年に話して」

昨日迄全くのエトランジェであった彼を、救い主と思う心は次から次に伝わった。

同じ時、サンタマリアでも、ボンマルシエでも、同じ事件が起きた。去らねばならない重病人は、その報らせの悲しみに堪えられなかった。毎朝早く幾つもの棺が山を下って行った。悲しい涙は慈善的建物に漲った。慈善サナの建物は高原の雪に輝いて、雑誌の口絵やポスターには立派だが——

絶食同盟を繞《めぐ》って

吹雪のサナは墓坑だ。

窓を閉じ切った部屋で、長椅子が弱った軀を支えて居る。白く塗られた四壁が倒れかかりそうだ。

「忍耐」の百十番にレオを見出す読者は、二ケ月前の彼とは信じまい。持て余した姿、——施療サナの三百人の運命を託された重さ、と一概に思ってはならない。このままの生活を続けてはならないと責めながら、ビグラン夫人に克てない。その為に哀《あわれ》に崩れるような肉体をさえ感ずる。実際に熱も高い。

部屋が開いて、鍵の音がする。

急いで着物をはね除けて、シュミーズのビグラン夫人が、長椅子の前に立像になっていた。蕾の様に目と口が綻んで、寝台に腰が下りた。円味ある脚がレオの胸の上に載り、靴の尖《さき》が頬を撫でる。

「脱がしてよ。モナンファン（我子よ）」

レオの目は開かない。

「お前の魂が来たのよ、モナムール（私の恋）」

聾。

部屋から飛び出す程の大笑をし、靴を投出すと、両足で男の頭を持上げようとする。

「馬鹿！」

女は素早く寝台に入った。白い羽布団の上にはみ出た金髪と染めた唇――男よそれを見るな。女。快楽の容物。飽きない歓楽の追求者。不思議な生物。彼はこんなにも衰えたのに、彼女は日増しに恍惚と輝く――女を弱い性とそれでも言うのか。

レオは長椅子から飛び起きた。女の開いた両腕の横を一直線に入口へ――それからそのまま廊下に去ってしまった。


レオの愛を疑う。そんな疑は、雲の様にもビグラン夫人の心を横切らなかった。もう一日もなくてはならない男だった。女の愛に堰かれた大河を破った彼である。その勢に追い、乗ずる二人がある。――少くとも女は安心していた。その後幾度も、内から鍵のかかったレオの部屋を叩いて答えられなくても、その安心には動揺がなかった。

雪の上に降る太陽は、紫外線の乱射である。紫外線は病菌の敵。部屋を開け放って、この光線を招かねばならない。日傘でこれを避けながら、出来る丈歩かねばならない。レオは、「忍耐」の裏山に廻って大池の畔に出た。嶮しい雪道には登る人も少なく、穢れない雪で目が痛む。

「矢張り私の魔法の力は強いでしょう？」

白ずくめのビグラン夫人が、池畔の白樺に寄り添っている。眩しい目には、それが雪の精とも映るであろう。

「――？」

「私、ずっと前からここに居りました。貴方も屹度《きっと》お出ると信じてましたのよ。貴方をここに誘かずに置かないと念じましたの」

「――」

「厭、そんな顔をなさっては。……何か慍っていらっしゃるの？」

夫人は追い縋る。

「貴方は私が怖しくなったの？　それとも……」

大きく笑った。

「レオ、そんなに逃げ隠れしなくても良いわ」

始めてまともに向いた男の顔に――

「巴里女は野暮ではありませんよ」

「――」

「考え倦むことでもある？　私に打開けて下さらない？」

「馬鹿！」突拍子もない声だった。

池の向岸を下りてロンプネ村に下ろうか、四辻に立った。落葉松の森の小径から青年が出て来なければ、レオは決し兼ねていた。

「私と参りましょう」

ガストン・フランクと言うフリッポの患者であった。

「今晩待って居ますわ。レオ」

それには答えず、レオは青年に従った。リヨン大学の苦学生であると言う男の瘠せた背に。

フィリッポの城に向って下りる道は、峻しく、誰にも会う心配は無かった。

「矢張り、皆絶食同盟を昨日から決行しました」

「そう」

「どうせあのまま放り出されれば死んでしまうに決っているんですから、決心は堅いものです。」

「要求書は出しましたね」

「一昨日」

「参加者の数は？」

「絶食者は九十八名」

午後のキュール時間は、医師も看護卒もキュール場には居ない。三百名の患者は団結するに難しくはなかった。最後迄闘うと皆誓っている。絶食に参加しない患者は、既に第二段の作戦を計画している。——とガストンは報告する。

「君は追い出されはしませんか」

「もうフィリッポの前の安宿に部屋を取ってあります。しかし大学生が四人、工場労働者が三十人も居ります。あの人々が次々に指揮者となりますから大丈夫です」

「それでよし。二段の作戦とは？」

「リヨン迄出掛けて示威運動します」

「患者が？」

「正月始めか、リヨンの祭に」

「全部の施療病院にこの運動を拡め度い。アンベルギュには僕が点火したが」

「あそこではこの数日死亡者が出過ぎて、驚いているそうです」

「女子の方は？」

「中々難しいことですが……」

「第二段の作戦には女子の応援が必要です」

足下に施療病院の屋根がある。

レオは食堂からそのままビグラン夫人の部屋を叩いた。

「参りました。マダム」

「改って。早く、さあ」

「鍵には及びません。私は直に帰ります」

「真面目な私の恋人。こんな厳《いかめ》しい顔には何かしたの？」

摑んだ両掌から顔をよけると、レオは素早く椅子に掛けて他の椅子を夫人に指した。

「お掛けなさい。さなくば私が帰ります」

「レオ、貴方は何しに来たと言うのです。この何日かの態度と言い、又——」

「兎に角お掛けなさい」

「私を命令しに来たのですか。え、ここはフランスです。婦人に向って—」

「私は去る許りです」立上った。

「待って、レオ。一体どうしたと言うのです。聞かせて下さい。聞かせて下さい」

男の手をとった両掌には涙が溢れ落ちた。女は男の瞳を探った。恋する者の目は、相手の心を過ぎる陰影をも摑む。

「レオ、貴方も矢張りそうでしたか」

夫人はそのまま椅子に萎え、顔を蔽った。

「悲しんではいけない」

その声に女は顔を仰いで、前に立塞がる男を見た。

「――？」

「――」

「レオ、貴方は愛してくれなかったのね」

「愛した」「それで？」

「愛してはならない」「どうして？」

「僕は癒らねばならない。早く全快しなくてはならない」

女はヒステリカルに笑った。そして戸口を示した。

「野蛮人！　お前と恋したと思っても穢わしい。私の目の届かぬ所に消えてしまえ」

ロシア人には、フランス婦人の憤怒が解らなかった。

「卑怯者。計温器を持って恋をするなんて……（笑う）私は衰えたと言ってもまだ美しい」

「――」

「何しにここに来たの、え。お前には飽きたって言いに来たんでしょう？　フランス人はそんな頓馬な真似は致しません。早く出て行って！　人を呼びますよ」

「誤解しては――」

女は両掌で耳を蔽って、戸口に背を向けていた。

朝から吹雪。「忍耐」は荒海に漂う巨船だ。窓を閉じて終日灯をともす。雪を吹き付ける風は、日本人には印度洋で遇ったモンスーンを思わせる。

ビグラン夫人は寝不足な耳に、何か聞いた様に思って起き上った。泣き続けた目は充血している。吹雪はキュールの戸を叩いて、外で呼ぶ――「鬼の巣へ。」夫人は身じまいを終った。エレベーターのボタンを押す。下る。広間を通って玄関へ。何かに操られる影の様に消え去った。粉雪は空間に詰って息も出来ない。乳色の空間には、道も見えない。が夫人は、呼び掛ける者に追いて、泳ぎ分け進めばいいのだ。

行手を、巨獣の目を輝かして、自動車の警笛が阻ぎった。

「こんな日、何処へ、マダム」

「一寸」―夫人は武装したメルシエの顔を見た。

「お帰りなさい。それとも送りましょうか」

「直そこですからいいのよ。貴方は？」

「僕は巴里に帰ります。山は雪でも下は晴天です。四五日かかって運転です。肺病にも、オートビルにも左様ならです」

「早くお立ちなさい。だがマダムAは？」

「A？」

「貴方も卑怯者の仲間ね。男ってみんなそんなです」

「手厳しいですなマダム。ではお大事に」

夫人はそれには答えず、左に没した。

呪われよ。呪われよ。男、男、男、男……雪は乱れる。道は深い。修道院も雪の下だ。マンジニーも過ぎた。道の右には谷底が開く。

「鬼の巣へ」「鬼の巣へ」と心臓が歌う。脚が無くなった。手も溶けた。歌が転げる……捕えなくては……急げ。急げ。あ、矢張りレオが。手を……「鬼の巣へ」と囁く。私達は病気ではなかったのね。まあなんて馬鹿でしたでしょう。一諸にルールドへ参りましょう。奇蹟が行われるのです。……レオ、レオ、レオ。……


底い空の日が続く。教会の鐘は朝から絶えない。葬列は雪道に黒く連る。来る日も来る日も、村は喪服を着る。今日もボンマルシエは二つ、何々サナは三つと、村人は数える。施療サナの死亡率は、体温計の様に昇った。霊を休める祈禱の鐘は、雪道を滑って、あらゆるキュールに忍び込み、衰えた軀の魂を天に招く。――悲しい絶食同盟の犠牲者達。

「非人道なる施療サナ」

或る朝散歩に出掛けた患者達は、ポスターを門の外に見出した。施療サナ内の生活、営養状態、最近の申渡し、サナ経営者の不正等を発《あば》いて、この急激な死亡者の増加を、(冬期は死亡の少ないのが原則なのに反して)、施療サナの責にした。

「施療サナに在る患者諸子よ。男も女も団結して、我等の生活権を主張しよう」

ポスターは全部剥がれたけれど、その文句は宮殿のキュール、施療サナの病室、細い散歩道に、興奮させる話題となって、患者の心に刻まれた。

サナやホテルのサロンには、手芸品を並べて、「生命を脅かされている人々の為にお買い上げを乞う」俄商人が来た。この商人は、禁じられた言葉を商品と一緒に残して行く。脂ぎった食物を強いられている人々は、生きる為に断食して闘っている同胞の話を、月の世界の生活の様に聞いた。

「ユマニテ」（共産党新聞）から送られた戦士は安ホテルに散じ、フリッポ前のガストンの宿は、その本営となった。

吹雪に胸を脹らませて、レオは本営から辿り着いた。恰度《ちようど》ピエラはレオを訪ねようとしていたが、そのまま従兄を自分の部屋に伴った。外套を脱ぎ捨てると、黙って何枚かの紙幣を差し出した。

「――？」

答えず腰を下ろした。

「絶食同盟へ寄付？」

「数人の友人が……まあ納めて。それよりも本当ですの？　ビグラン夫人のこと」

厳しい目だった。

「うん」

「皆聞いた？」

「――？」

「雪の中に倒れていたのです。山から樵夫が三人でやっと連れて来ました。このまま死なせてくれと言って、所も言わなかったが、多分「忍耐」の客だろうと言って……誰も出掛けたことさえ知らなかったんです。四時の検温に看護婦が、居ないことに気がついて騒ぎ出しましたが……」速い言葉。

「その事は全然僕の関ったことではない」

「皆貴方の責任だと言ってます」

「それは僕がコミニストだからさ」

「そんな考方はいけません」

「僕達は愛し合いはした。愛なんかしている暇が無くなったから止めた。彼女は死に度いから死ぬ。僕は生き度いから生きる」

「レオ！」

「何が悪い？」

「それでも愛したと言えるの？」

「愛だって？　愛、愛って魔法とでも考えているのか、ピエラ」

「又、コミニスト的考え方」悲しい顔。

「——」

「レオ、フランスでは『好ましからぬ人』としてコミニストは追放します。絶食同盟のこと、表立って働けば、一週間後には国境を越えなくてはなりませんよ」

「——」

「病気を癒して下さい。レオ。伯母さんが巴里で亡くなった時、ロシアに居た貴方をどんなに心配したか。私達は赤と白、悲しい運命ではあろうが、私達の血は貴方の心臓の動きを、私の胸に響かせる。お互に生きて居れば……生きてさえ居れば。」涙。

「僕に運動を中止せよと言うのか」

「もう貴方なしでも……レオ、丈夫になってロシアの為に、血を流して護ったロシアの為に。ロシアは又私の祖国です。」

示威運動

絶食同盟は多くの人を死亡させたけれど、同時にその十倍の患者を三ケ月、山上に静に療養させる結果を得た。団結する事は、弱い者の唯一の力だ。——春になって患者が下山する時迄、退去命令の実行が延期せられた。

この勝利は、家の無い男女に何を教えたか。

三月、施療サナの当事者が主張する如く、春には違いない。しかし猶、高原は雪に没し、空は大地を低く嘗め、絶好の闘病期間である。が患者達は、約束に従い退去しなくてはならない。下山の準備として与えられた三ケ月は過ぎても、帰る所の無い事には変りがない。併し彼等は歎かない。為す可きことが瞭であり、長い準備も終って居る。

三月二十日、決められた朝、施療サナの男女は、村の端の、山岳電車の終点を埋めた。言葉もなく、千近い患者の蝟《あつま》るのを見て、牛乳車も喇叭を吹かなかった。パンのトラックも遠慮勝ちに通った。村の戸も開かない。生きた者の埋葬式。教会は朝勤の鐘を乱打する。レマ山は空に半身を隠くした。

計画は組織立ち、患者は指図に従えばいいのだ。何台も借切電車が待って居る。七時を合図に発車。トネーでリヨン行き列車に換える。オートビルは雪に寝て居たが、トネーでは李の花が陽に白かった。リヨンは河の街、マロニエの並木に太陽が戯れて、花を今にも咲かせそうだった。空気が重くて、どの患者も力が無い。停車場前に整列して、目を擦った。余りに明るく、余りにめまぐるしい。

その頃漸く、山上では、施療サナ患者の団体行動に度胆を抜かれた。それ程秘密に、静粛に行われたのだった。二十一日以後、一週間に引払う可き患者ではあったが、（その数は二三百に過ぎなかった）こうして去られては、それから起きる問題が、施療サナの当事者には直に計算される。しかし持合わさない対策は彼等を益々驚かし、閑で退屈し切って居る病人に、愉快な話題を提供する丈である。

リヨンは年一回のお祭騒ぎ。定期大市場が開催せられ、フランス全土から物産を持寄る。二七年のこの市場は、絹物博覧会を兼ねて、その為には通く日本からさえ絹糸輸出業者の団体も来た。大臣が臨席。静寂の都、シャバンヌの都が、巴里化した。

停車場に降りた千人の団体は、大市場見物のお上りさんにも見える。駅前のカフェのガルソン（給仕）達は、パベの※卓子《テーブル》を急いで拭いて廻る。整列したタクシーは、一勢に喇叭を鳴らす。しかし駅には、司会者が待って居た。大旗、ポスター、救護班、楽隊。女患者は歓声を挙げた。病気を忘れて駈け廻り、隊伍を作る。頑丈な青年達が、腕章をつけて走り歩く。女達は遠足の様に幸福だ。

「皆さん四列に並んで下さい。行動は一切幹部の指揮に従って下さい。倒れる迄進みましょう。落伍者は救護班が……」

ラウドスピーカーの声も、燥《かわ》いた団体に徹らない。都会が眼前に展いているではないか。騒音、色彩、ガソリン。都会は山上の患者の長い恋人。

※舗道の意。

強い楽隊の音が騒ぐ一隊を鎮めた。赤い旗が風に翻る。大旗が何本も続く。「生活の為に」「廃兵を救え」「国家よ忘恩者たる勿れ」「生存権の確立」こんな文字が青空に浮ぶ。先頭が動き出した。胸は重い。が足は軽い。前方は「ユマニテ」の送った応援隊。音楽につれて「インタナショナル」が歌われる。行軍。後の女達は「マルセイユズ」を歌って通る。腕章の青年が隊を激励して歩く。

「労働者よ、アンテルナショナール!」

「マルション、マルション——」

「国歌など歌ってはいかん!」

「インタナショナルなんて、知らないものね」

女達は無闇に嬉しい。

(この行列に読者を続かせても良い。しかし知らぬ都会の知らぬ通りは疲れ易い。所々タクシーで出て、進軍を眺めよう)

街は春の装い。祭の日は晴れて、リヨンは革命祭《カトルスジユイエ》の朝の様だ。その街を蜿蜒と練る黒い行列は、不吉な兆だ。通行人は、その一人一人の頰を見る。肩を、目を、——どの目も一様に印象的だ。人々は視線を反らせて、ショーウインドーに映る自分の姿を見る。ローヌ河に映る広い空を。そしてほっとする。

隊が進めば、落伍者が続く。救護班が不足になった。喘ぐ胸から赤いものが出る。咳き込む口から言葉も出ない。陽が強いのだ。塵が濃いのだ。歩いてはいけないのだ。それだのに、幹部は楽器を打つ。インタナショナルを歌う。市庁前のコルノ公園に向って進む。彼等は目的を前にして、背後を顧慮出来ないのだ。倒れる者は倒れよ。ただ、進む丈《だ》けだ。

一時間半後、疲れた群集は市庁の前庭を一杯にした。それには、リヨンを中心とする廃兵の一団も加った。ここでは、この群集は「ユマニテ」と関係ない廃兵団になって、市長に会見を迫った。市長は、当日大市場開場に臨席せられた商工大臣歓迎を理由として拒絶した。「廃兵を救済せよ」「戦争の結果結核患者となった者に療養所を！」要求書が大臣、市長に提出せられた。群集は国歌に歩調を整えて、公園に繰り込んだ。時々「アバ、エリオ」の声がする。公園は大市場。見物人は逃げようとする。公園は警官隊に護られた。大衝突が無ければ進めない。疲れた患者は思慮が無い。後から後から押し寄せる。警官の垣は厚い。トラックに積んだ応援団がやって来る。対陣。

司会者はその時右に公園を外れた。洪水の様に、四列の縦隊がブルバールAになだれた。機械になった人々の脚は、重くなった軀を運ぶ。ローヌ河を越えた。サオヌ河も。並木は坂道。市の西北の小山に登る、長い遠い一本道。曲り角にはカフェが佇む。カフェの屋根には次の曲り角が覗く。高楼が倒れそうに重り合って居る。エッフェル塔に似たF塔とフルヴェール寺院が山頂から街を見護って居る。傾斜路は肺病患者の敵、薄い胸を破裂させてしまう。先頭の共産党員は健康者で元気に奏楽するが、続く人々の脚は地に吸い着いて進まない。女達も笑を喪した。患者は倒れる。カフェの椅子に縋《す》がる。パベも赤く染まる。——（画家よ、地獄篇のモデルに使え）

「生きんが為に」

「生存権確立の為に」

長旗は山から高く揺れ、無数のビラは撒かれ、音楽は響いても崩れ掛った軀は躍らない。しかし隊は山上を目指して進む。

忙しい町人も駆け出る。

「おお神様よ」

「不幸が来ませぬ様に」

十字を切る信者達、怖れて逃げ込む衛生家達、リヨンの祭日は、驟雨に襲われた様だ。

リヨンを旅する者が、誰でも、絹織物博物館より前に必ず訪ねるフルヴェール寺院。同名の山頂に広い境内を懐いて、リヨンを中心に数哩《マイル》の緑と川を瞰《みお》ろす。三月二十日、大市場の開日のメス※最中。漸く辿り着いた患者隊は、寺院を占領した。しかしここに登り着いた者は僅、五六百名。三百名以上の同志の倒れた戦場を顧みる様に、黙然とリヨンに熱のある目を落した。

※ミサ。

人々は直接に地べたに坐って動かない。

奏楽が終って、一段高い所から、二三の弁士が次々に未来を約束する激しい演説をする。患者はもう耳迄聾した。疲れた心臓の高鳴がする。

「……我等の要求は容れられよう……」

この言葉が頭の周りで唸って居る。――要求。要求、要求、要求、……

幹部は近所のエハガキ屋から水、葡萄酒をかき集めて、萎びた患者に注いだ。

陽は傾いた。色と音と動きの街々も薄靄にまどろみ始めた。患者は寺院に入った。椅子を集めて弱った軀を横にした。暗い広いドームの中には生きた屍が詰った。祭壇には幽に灯が揺れて、有名な組み硝子の受難のキリストは、西陽に明るく浮き出されている。

僧侶は狼狽した。警官は司会者と衝突した。参詣人は周章《あわ》てて逃げ出した。しかし死に瀕した患者達には――帰る家の無い人々には、十字架一つ置く為のこの壮大な建築物が唯一の休息所だった。

雪解

唯一回の不謹慎が、一年間のキュールを崩してしまう。ビグラン夫人は、雪の中から運ばれてから三ケ月、絶対安静を強いられた。長い辛い教練。その間に夫人は愛欲から脱れた。狂信者である母の血が蘇った。神に縋るより他に行き道が無くなった。このまま何年同じ事を繰り返すことになるか。それにしても夢の予見を験めそう。――ルールドに奇蹟を求めて！　生命を賭けよう。長く別れて居た母を招いて！

　この決心を聞かされて、ピエラ嬢は足許を掠われた。矢張り辛抱出来ないのか、長い療養に踏張り切れないのか、神へ逃避するとは。この問題は朝早い床で、娘の心に転げ廻った。

　ルールドへ。ルールドへ。春から秋に、欧洲各地から巡礼者と病人の団体が集る。ピレネー山脈の高原の霊地、小さい泉には、病人が大根の様に浴し、周囲から讃美歌が響き渡る。僧正が行列を従えて教会から出る。道の両側に跪いた数千人が、ハレルヤを唱える。僧正は静に病人の頭に十字架を触れて行く。――四年前の夏、旅行の途中訪れた日も、不思議に歩き出した跛《びっこ》があった。その時の歓喜は山々を震わせた。その夜松明を焚いて終夜祈り、讃美した大衆！私もあの夜は感激してしまった。神などあるものかと何度思っても、涙が溢れてしまった。が
……

　その時戸を軽く叩いて、ショータンが入って来た。

「僕、今朝巴里に帰ります。マルトを連れて」

「――？」

「僕は悪い事許りしました」

　その涙で、ピエラはマルトの死を知った。

「マルトがどんなに貴方に感謝して居たか」

「ピエラさん、僕も必ず善良な人間になります。恕して下さい」

「——」

ピエラは当惑した。

「僕は罪人です。マルトは僕が殺したのです」

「貴方が悪いのではありません。ここが不可《いけな》いのです。ここに居たからです。……」

ピエラは、ショータンの手を握ったが、寂しいものが身内を過ぎ去るのを感じた。


ピエラの隣室・フェリー嬢は、一時危篤で懺悔僧を呼んだが、許婚《フイアンセ》が来てから急に元気が出て、床に坐ってモクロアゼ（字合わせの一種）をする迄になって、医者を驚かした。一度暮に巴里に帰った許婚は三月に出て来たが、骨を持って帰る覚悟だと噂された。

「ジャン。蓄音機をかけて？」

娘は朝から夜中迄、騒々しいジャズの曲で、萎み散ろうとする生命を、踊らせようとする。

「肺は全部蝕ばまれ、心臓が肺の作用をして居るのです」

看護婦は肩を顰めて他の客に囁くが、青春の火は、血の乾いた軀にも激しく燃える。

「私が眠りそうになったら、グランオルガンをかけて。眠ったらおしまいのような気がしますから」

「休まなくては不可《いか》んと医者は言うよ」

「医者に何が解るものですか」

荘重なコーラスの伴奏で、二人はこんな言葉を交える。

「巴里に帰り度くなった」

「……？」

「ジャン。医者は私が死ぬものと決めて居ましょう。ここに居たら、その医者に頼る他ないし」

「この分なら少しの辛抱だと……」

「嘘を言ってはいや」

娘は青年の手を握り、瞳を見入った。

「いいえ帰ります。医者など要はありません」

「今は霧が多いから少し待って……」

「霧や騒音の方がどれ程良いか。ここは余り静かすぎる。帰ったら屹度起き上がれてよ」

……………

「それも良かろう」

「……『巴里に二人で』をかけてね」

軽い音楽に合わせて娘も歌詞を唇に載せた。

（恋の巴里。

我等の幸はみち
散らで恋は咲きみち
長かれいのち
愛の巴里。）（翻訳）

青年は娘を背にして外を見たが、総てが曇って映る。

「――」

「ピエラさんを呼んでね」

入って来たピエラを見ると、娘は室内の圧迫を破ろうとするように、鋭い調子を響かせた。

「私、巴里に帰ります。……貴方には解って頂けますわね。死ぬか死ぬかと待たれることの辛さを。軀は弱っても、気さえ丈夫で居れば死ぬものではありませんわ。それには普通人の中に帰らなくては。……遅く気付きましたけれど、こんな死の関所で踊って居るのは、決して軀にも精神にも良くないし……」

「それに気付いたのは大変良いことです。ここで心を蝕ばまれないのは、巴里で軀を痛めないより難しいことです」

「それに、長くない命に、遠くジャンと別れて居るのは、お互に良くはないし……」

「よく解ります」

「ありがとう」

娘はこの隣人の手を握って感謝を伝えようとしたが、胸に咳込む涙で言葉が阻まれた。

「病気は癒ります。……病気を忘れたら、その時は病気ではありません。たとえ、医者が何と言おうと、その決心さえお出来ならば、何処に居ても癒ります」

「ありがとう」

ピエラは友に語る言葉を、そのまま寂しく聞いた。


トネーからの自動車が花便りを齎してから、高原でも青空の断片を拾える様になった。雪道も柔く、屋根を滑る雪音にも春が感ぜられる。

春は病人の心を騒がせる——闘病のシーズンが終る。里に帰って、再び冬を待たなければならない。里では健康者の生活が渦巻いて居る。

春は思い掛けない事件を勃発させる。

陽が強く感ぜられ、陽除けを下げてピエラはキュール。キキーとルブル夫人もその横の長椅子に寝る。ルールドや巴里に去った人々の噂もせずに、同年輩のこの女達は思い思いの溜息を嚙む。

間も無く巴里に帰って働かねばならないと、キキーは考える。冬来ては夏去り、毎年こうして遂には死なねばならない。この悶えはピエラも知って居る。——X光線で見ても跡はないのに午後の微熱が去らず、博士にもその原因が解らないと泣いたのも知った。「家庭に事情があるのではあるまいか」と看護婦に洩したと言う博士の言葉も聞いた。

しかしキキーは、マルトに拓いた胸をピエラに閉じた。この友に愚痴に似た貧乏話を持出して、玉の如き関係に罅《ひび》入れたくなかった。

「六月にはコンスタンチノープルに帰り、十一月出て来る許可を貰ったと思ったら、癒った気がしちゃった」

四時の鐘と一緒に、ルブル夫人は独言の様に放った。ピエラは夫人を見た。晴れた顔。暮の沈んだ姿に較べればこれこそ奇蹟。全く意外の全快速度であった。若いが故に夫も家も思切るのに早かった。それさえ出来れば、若い生命は強く延びる。

「キキー、家から便りがなくったって、歎いては駄目。誰からも見放される覚悟が無ければ、こんな病気には勝てないわ」

「鼻息の荒いこと」ピエラの微笑。

貴方にはドラフォンがあると、キキーは報いたかった。無性に腹が立った。

ピエラは二人を午後の散歩に誘った。じっとして居られぬものが彼女の衷《うち》にも動き出した。

「忍耐」の出口で、キキーは書留を受け取った。彼女の目は霧のはれた午後の空になった。

「まあ、こんな事が有り得ようか。違う。違う」

封を開け、頓狂な声を出して事務所へ駈けて行った。二人は暫く待ってから、裏山から池に出た。池畔の南傾斜地には、斑な雪の横に草の芽が覗いていた。鳥が飛び上った。ベンチには医科大学生、レビーが黒い魂の様に蹲って居た。

「マーガレットさんは？」

「もうお帰りになりましたか」

「――」

何かあったなと、彼女は直に感じた。

彼は快活な青年。卒業と結婚を前にしてここに来てから半年。殆ど全快して雪解を待って巴里に帰ることになって居た。数日前に、許婚《フィアンセ》マーガレットとその父の訪問を受けたが、一緒に橇を滑らしたり、スキーをしたり、全く健康者になり切って居た。この前日、娘は真面目な話をし度いからと、独り彼の部屋を叩いた。

「私は良くここの生活を観察して考えました――お互に素直に話しましょう」

「――？」

「本当に近く癒りますの？」

「医者は保証して居る」

「再発の惧れはありますの？」

「あると思う」

「結婚して良いとお考え？」

「僕からは言えなかろう」

「私は、不可いと思いますわ」

「お互の幸福の為に。私の持参金は月に千法《フラン》の利子が出ません。貴方の財産は五百法の月収を齎しません。月千五百法以下の生活は、私には不可能です。その上貴方は当分働けず、又何時再発するか解らないとしたら、結婚しない決心をするより他ないでしょう」

「――」

「約束を捨てる事かね」

「そう、私は若いし、美しいし、又幸福を見出せますわ」

「解った。僕も健康を取戻したら、又どうにもなるさ」

「是で話は解決ね。父は存じませんが私から話します。貴方、悲しんで下さっては厭よ」

「うん」

「機嫌良く別れましょう。今晩ここを立ちますが、それ迄何も無かったことにして」

「承知した。時々手紙をくれるね」

「無用でしょう」

「よし」

「一年位経ったら何処かで会うかも知れませんが、未来のことなど……」

「――」

「怨み合わずにね」

「うん」

その夕食卓を囲んで、沈黙に陥り勝ちな彼に、娘は、父に聞き取れぬように訊ねた。

「悲しんでいる？」

「僕は精神的にも病人になったらしい」

「父には話してありませんから、若し私の申出が御病気を悪くするのでしたら、当分おあずけにしましょうか」

彼は娘を見上げた。耳に垂れる金髪の下に、雪に焼けた健康な頬を見た。その瞬間、五分間で一生を決する病気前の彼になった。

「同情で理性を曇らしてはいけない」

「後悔なすっても後の祭りよ」

娘は父にも聞える様に笑った。その夜娘は下山したが、二人が全く他人になったことは、誰も知らなかった。

「レビーさん、考え込んでは駄目です。元気を出して」

「もう間もなく巴里に行けるもの。でも熱を上げては損よ。ねピエラさん」

二人の婦人はこの同志を激励する。

「日本人を御覧なさい。奥さんに捨てられたけれど、その痛手に参入ってしまいませんよ。貴方も、もう一息と言う所で——」

レビーは立上り、黙って右に去った。雪解も彼には魅力がなくなった。（それから四五日目に彼は咯血した。）

二人はそこからロンプネに下りて、施療サナから杉とピエールが出て来るのに会った。が皆、調子がはずまなかった。

「私、矢張り貴方はお強いと驚きました。日本人は皆、そんなにストイックな英雄ですの」

歩きおくれた杉に、ピエラは言った。

「大袈裟のこと仰言っては困ります」

「私、お隣で色々教えられました。日本語は解りませんが」

「——」

「しかし日本人は強い」

杉夫人は独り山を下って行った。何が妻の心に起きて居るか、杉は良く知っていた。それにピエラが触れて居るのだと解ったが、答えなかった。施療サナで見て来た患者の一団で心が一杯だった。その一団に自分を置けば、問題にならない自分である。

示威運動の結果、退去命令は撤回せられたが、退去を命ぜられた人々は、一日の無理の為に大低倒れてしまった。殆ど全快して居た患者は、キュールを一歩も動けなくなった。行軍日の生命力は何処へ隠れたか、胸に熱が暴れ、両脚が流れる、施療サナは皆服喪。虚《うつろ》な軀を乾かして居る。不平も無くなった。後悔はない。静養を権利とする安心が漲る。がこの一団は戦闘直後の戦跡を思わせる。………

諸君よ。知らない伯父が百万と纏った金を遺すと言うお伽《とぎばなし》が、ヨーロッパでは現実によくある。キキーが受取って狂気した書留は、アルジェリーに居る、忘れて居た伯母が六十万法《フラン》の遺産を彼女に遺したと言う夢の証書だった。この一片の証書は、醜い娘を美しくし、諦めた結婚を娘に閃かす。

「私、子供を欲しがる人と結婚するわ」

六十万法の持産金があれば、恋も病も跳ね飛ばして、男は教会の祭壇の前で、三世を契るに躊《ため》らわない。

「これで一年中養生出来る。キュールの有る部屋を取れる。看護婦にチップもやれる。編物棒も棄てられる……」

看護婦の笑顔の程度、食堂での皿の運び順にも金が反映する。金の苦労の無い人々が世界中から集る「忍耐」で、「靴下以外何でも自分で作」らねばならない娘が、毎日費す金の計算をしながら暮すのは、どれ程辛いか、ピエラも知って居た。

「私、この洋服も普段着にするわ」

日曜着をつけて、足並も軽くなった。

「私、癒《よ》くなったんですって。そんなことがあるものですか」

半月振りの診察から、キキーは急いでピエラの所に帰った。

「一体どうしたの？」

「私、博士に見棄てられてしまった」涙ぐむ。

「――」

「何時でも帰れと言うのよ」

「いいえ、この前、夏もここに居た方が良いと言ったんですもの」

ピエラの喜びの手を振り除けながら、キキーは、二週間でそれ程の病気が癒る道理もなく、全快の見込みが無いので帰えされるのだと主張する。

「え、午後の熱も無くなったんです。レントゲンも白くなったんです」

「癒ったことが信じられないなんて好運過ぎるのね」

「だって、三年かかった病気が十五日で……私は信じられない」

「この病気は全くそんなものよ」

この会話は隣室から希望を杉にも投掛けた。医術の向うに、生命力が活動する時がある。その力が我々の軀に眠って居るのではないか。

「キキーさん、お目出度う。六十万法が貴方の生命力を覚したのですな」

赤裸で闘病しよう。心の屈託を無くせば、三年の微熱を二週間で追い払う。妻に去られたことも屁の様に笑おう——杉も春らしい大空を望んだ。

高原の雪は一面斑点で汚れた。一晩の雨は雪を洗った。高原は一夜に緑で塗りつぶされた。草花は競って春を招いた。牛の頸につけた鈴の音は大気に充ちた。冬から春、夏、高原の歩みは速い。

部屋一杯に陽の入る日、ピエラにも嬉しい便が軀の血を一勢に湧き立たせた。——文部大臣エリオの作、「レカミエ夫人」を映画にするが、その主役の若い時代をピエラに割り当てて来た。「レカミエ夫人」は、長く、して見度いものであり、その希望を述べたこともあった。秋からは働けそうなのに、その申込みは健康に注意すると加えてあり、病気以来始めて仕事欲に跳ね上った。ピエラが辞すれば、国立劇場の名女優、マリー・ベルに依頼すると言う言葉は芸の上の競争心を煽る。国立劇場の名花、ベル嬢との対立は、伯爵令嬢の肩書きを加えても引け目を感ずるのに、先ず自分に申し込んだ監督の厚意に合掌した。ルーブル博物館の名画、「レカミエ夫人像」の崇高なポーズを、寝台の上で何度も試みる。病気では無くなった。——

そこへブザンソン博士の長女、クリスチーヌが訪ねて来た。この娘は、美貌と持参金額で薔薇色の女の一生が待って居るのに、キリストの花嫁に去ろうと、家族に別れにリヨンから来たのだった。

「矢張りそうでしたか。でもクリスチーヌさん、最後に省みねばなりません。我々女性の行く可き道が他にあるのではないかと。貴方の様な美しさを黒衣に隠すのは惜しい。若さ、美しさを素直に生かして行くことが神の意志でもなかろうかと。」

娘は厳な笑いを報いた。四五年後には再び帰って、女子施療サナで患者の伴侶として一生暮らす覚悟を含めて——。

ブザンソン博士が巴里大学教授の職を棄ててこの高原にマンジニーを建設したのは千九百年の肇《はじめ》であった。西トネーの駅へは半日の山路であり、北ヴンテラ駅へは一日の行程ある一寒村に、小さい城が出来るものと村人は喜んだのに、猟とダンスに暇を潰す人々の代りに、どの馬車も蒼白の人々を運んで来た。結核療養所だと聞いて、村人は安く牧場を売り払って、或いはリヨンに、或いは隣村に糧を漁って去った。博士はやがて結核都市となる成算を持って牧場を買収し、水道を布設し、自動車路を拓き、衛生設備を造った。マンジニーから全快者が出た。ホテルが建つ。多くのサナが設けられる。貸別荘が殖える。郵便局、学校、小劇場、音楽堂等が次々に建つ。患者の近親者や全快者が商店を開く。大戦当時には毒瓦斯で打たれた戦士が無数に集り、ロンプネの古城は赤十字に寄付せられた——そして千九百二十五六年には、この寒村は有名な結核都市となりおおせた。そしてフランスでは、肺結核ならオートビルに行けば癒ると迄信じられて来た。

こうした土地の変遷を、父と共に見た娘は、人生の暗い部分をその全部と思い込んだ。神に委せなければ怖ろし過ぎる。名誉も利益も顧みず、結核治療に献身努力する父を見るにつけ、療養所で患者を労る尼が最も応わしく自分の姿に見えて来た。しかしこの願いは十年近く、両親の涙で実現出来なかったことを、ピエラも聞かされて居た。矢張り環境がいけない。ここに在ったら誰でも曲った視線を持つに至る。魔に摑った様に竦む。動かれない。一度来ると一生止るか、去っても毎年引かれる様に帰って来る。医者、看護婦迄もその魔に捕われているのだ。誰も彼も、生ける者が結核に見える。治療に来て心を結核に染める。二年暮らして猶去れない自分も、その魔に見入られたのだ。帰ろう。巴里に。仕事に。――ピエラの心に雪は解けた。

「忍耐」前の草原には、桜草の絨緞が拡げられた。小犬がじゃれる。患者の下山す可き時期となった。巴里の天候が気になる。トランクの塵が払われる。一年生き延びたと吐息する気分が七階迄漲る。

ピエラは断乎と去る決心をした。医者も午前中働くことを許した。杉も日本に帰る許可を得た。「生きて本国に帰るのを見て喜ぶ」と博士は熱い握手、一生無理はしないと杉は答えた。ピエールも一路ロシアへ。彼は肺病ではなくなった。キキーも結婚を求めて巴里に。四人はリヨンに出て、そこからピエールはスイスに、三人は巴里に、親しくしていた五六十人が玄関に見送る。握手、接吻、涙、約束、写真、しかし去る者の心は軽い。

「今朝、フィリッポに行って来ました。ガストン君は昨晩死にました。今に我々の時代が来ると、死の一時間前迄言ってました」

高原をひた駈け下る自動車は、冬から晩春に行く使者だ。皆窓に迫る若葉に明るく、ピエールの言葉も、鳥の声と一緒にした。

汽車はトネーを発した。送る者は無かったが窓に立った。構内のマロニエの白い花が、涙に滲んだ。アディユー、オートビル！

杉はリヨンから、子供の所へ行こうか、伊太利に行こうか迷い出す。

「私の養母O夫人が待って居ます。巴里にずっと参りましょう」

ピエラは緊《しま》った杉の顔を見て言った。

「杉さん、ロシアに来ませんか。資本主義の社会なんて肺病患者ですよ。癒ると思いながら内から崩壊して行くのを知らない。プヌモもフレニコも注射も、皆駄目です。ただ革命あるのみです。肺病の全快したロシアは、見るからに愉快です」

「宣伝はもう充分よ、ピエール」

「私もロシアへ行き度くなっちゃった、」――キキーの言葉。

「キキー何を言うのよ。私の友達と言っても六つの時に別れた公爵の娘があるのよ。亡命し遅れて、今は女工をしているそうですが、唯一の慰めが詩作する事だって言ったそうですけれど、詩集でも出すのかと思ったら、いいえその詩を工場の壁やアパートに貼って楽しむのですって。そんな生活が、人間らしい生活でしょうか」

「私は詩なんかどうでもいいですけれど……私の家の前はヴンサンの公園でしょう。コミニストの会合が良くあります。少年コミニスト隊――ピオニール――とか、家の前を「インターナショナル」を歌って通ります。私、そんな運動には興味も無かったけれど……」

「ピエールの感化ね。六十万フラン持って居ては、コミニストには肥り過ぎよ」

「――」キキーは始めてピエラに腹を立てた。この青年に対する感情が、次第に形を作って来るのを感じた。

「兎に角、西欧に学ぶ可きものは少ない。僕は二三年ロシアに居たらアメリカに行くのだ」

汽車は色々な心と言葉を載せて、リヨンへ。リヨンへ。豊饒な春の平野が、四人の行手に拡がって居る……。（一九二七年――八年オートビル）

〔1930（昭和5）年7月 新鋭文学叢書『ブルヂョア』初出〕

昼寝している夫

一

「――それが貴方、パパはお昼寝してるのって答えるのですもの、妾《わたし》まで恥しくなって――」

ヨシ子は外出着のまま、手袋を取りながら、二階のベランダに長椅子を持出して寝ている夫杉に、娘の幼稚園の入園試験の模様を、元気に語っていたが、急に声を落して、横の小椅子に掛けた。杉は、木製の兎と亀を示されどっちが早く走るのか問われて、どっちも走らないの、と答えたと云う娘のレアリストなことを、何か恐ろしいことでも聞いたように考え沈んでいたが、妻のその調子の変化に応ずるように、上半身を起し、毛布を背の方に引張り上げて、妻の方を向いた。

「――どうも入れて頂けそうもありませんわ、二百人の子供から三十人選ぶんですって、お昼寝している者の子供なんか第一嫌われますもの」

「どうせ来年小学校に入れて貰えばいいさ」

妻が異ったことを云おうとするのを、杉は十分気付いていた。杉はフランスの旅で肺結核に罹り、スイスの療養所《サナ》で二ケ年厳しい闘病をし、漸く命拾いをして日本に帰ったが、二三年間は昼食後二時間絶対安静をするように云われていた。帰ると直ちに、スイスの療養地で見たような闘病に適する家を、郊外の岡に建て、そこで殆んど療養所《サナ》に等しい生活をして二年になろうとするが、誰が見ても病人とも思えなく肥り、日本の博士もその根気と全快に驚いているのに、なお午後の安静《キユール》を止めようともしないことを、妻は機会ある毎に非難しようとする。然し杉は、その非難が昼寝にではなくて、実は、療養して普通人の生活を始めないことに向けられていることを知るだけに、どんなことにも微笑を答えて、妻に逆わず、自ら心の平静を乱すまいとする。ヨシ子は、その物足りない態度に、墓場からでも来たような冷さを感じて、慄然とする時もあるが、考えれば、一時お骨を持って帰らなくてはなるまいと肚をきめたこともあったのに、こうして親子三人兎に角無事に帰って暮らすことの出来るのは、親しい人々の言葉を待つまでもなく、勿体ない、有難いと思えばこそ、夫との関係では未亡人に等しい生活を、母親にも語らずに堪え忍んで、六つになる娘の養育に紛らせているのだが、結婚前よりもずっと健康そうな夫を余りに側にすると、突然身内に血行が速まり、静かな夫を揺すぶりでもしたい衝動を、よく感じる――

「貴方、この着物をどうお思い？　母が送って来たんですが、少し派手過ぎるかしら――」

濁った空の下に、雨に褪せた八重桜が緑がかった岡に汚く残っているのをぼんやり眺めていた杉は、薄陽にすんなり立った妻に目を移して、ふと溜息をした。

「何を考えてらっしゃる？」

「うん」薄い水色の錦紗の、腰からの線が寒々と感じられた。

「もう妾がどんな着物を着ようと気にもとめないのね。母が折角何枚送って呉れても、着て行く処はなし——今日も電車の中で何だか涙が出て仕方ありませんでしたわ、だって皆丈夫にピンピンしているのですもの」

「その窓をしめて呉れないか」

春には、湿気を含んだ風がどこからも吹き込んで病む者の胸を熱くする。南の窓は閉じていたが、東と北とが空に開いて、大気を呼吸すると云うものの、風は会話を飛ばして、杉は疲労を怖れたのであるが、ヨシ子は東の窓を閉めてから、峻しい目を杉に返した。——又逃げて了った、と杉は妻の非難をその目に読んだが、杉としてみれば、愛した者を妻とし、子まであり、病気のためによくセパラシオンドコール（肉体を分つ）をして、兄妹の如く暮らしていても、死病を逃れてやっとここまで癒り、ゆっくり、呑気に静養出来るのを、仕合わせとしているのに、妻の時々の移り気で、不幸になってしまうのを情なく思い、今暫くの我慢だと、何度も話して来たのだが、いつでもそれに触れなくてはならないことは、矢張りやり切れない。卑怯な態度であるかも知れないが、妻がそれを感じて呉れたらと、却ってじれったくなって、その目を無視し——

杉は毛布を蹴上げて起き、黄色な縞のスエーターを上に着て、洋袴《ズボン》の埃を払った。

「テニスの帰りって恰好ね」

「君も散歩に出ないか」

「三時半お茶、それから五十分の散歩なんて、療養所《サナ》の生活の続きは、もうお止めになったらどう？」

杉は黙ってベランダに続いた部屋に移り、含嗽《がんそう》し、髪を撫で上げたりし始めた。

「妾二三日中に相撲を見に行こうと思うの、次雄さんに案内して頂いて」

「相撲を？」

市内に出て活動写真も見ようとしない妻が、相撲を見たい、突拍子もない申出に、つい杉も可笑しさをこらえ切れなくて、手を拭いながら続けた。

「あんな非現代的なものより、拳闘に連れてってお貰い、弟もその方が喜ぶよ」

「貴方は妾の真剣なことがお解りにならないのね」

相撲を見るのが真剣だって？　杉は肚の底からこみ上げるような笑を、然し一度に冷却させるものを妻の態度に感じて、その動揺を押し隠して――

「さあ出掛けようか」

「この近所を一緒に歩いたって仕方ありませんわ、それにうるさいし――」

ヨシ子は昔のように接吻でもして貰えたら、それでも晴れがましくなろうが、夫は女に興味を喪《なく》したもののように、冷淡にベレをかぶって階段を下りて行く。四年間も恋し合って結婚したのに、もう熱情らしいものは夫の胸には灰になって了ったのか、ヨシ子は頼りなくて、異った方から杉を揺ってみる積りで、「貴方も勉強なさらなくては――今日も、パパは時々勉強するの、なんて子供が試験官に答えるのを聞くと、妾、貴方が不甲斐なくって――」夫の頭にふりかけるように云ったが、杉は茶の間で遊ぶ子供を見ようともせずに、ステッキを持って、風の多い午後の外に黙って出て行ってしまった。

杉は日の当った縁に鏡を持ち出して、剃刀をあてていたが、石鹸だらけの刷毛もそのままにして、顔を鏡にすり寄せ、髪をかき分け一本一本白髪《しらが》を探していた。ヨシ子は襖を開けて、その夫の姿勢《ポーズ》を見付けると、はたと立止まったが、頬のほてるのを覚えた。坊主のような性格に変ったときめ込んだ夫が、白髪を気にするように戻ったか、三十になった許りのヨシ子には、乳房を締めるような仄かな快楽が背にも走った。

ヨシ子はそっと茶の間に坐って、手近な新聞を引寄せたが、附録の運動選手達の逞しい裸体に目が吸付いて行く。いけない、いけない、鏝《こて》を当てた許りの柔かな髪を撫で上げながら、夫の方に顔を挙げた。

「貴方、白髪などありませんわ」

「うん」杉はてれ隠しに剃刀を研ぐ音をたてた。

杉はスイスの療養所《サナ》で、金の注射を静脈に続けてしたが、医者はその副作用として若白髪になる場合がありますよと、立会ったヨシ子に笑ったことがある。白髪になる迄生きられるなら、どんなに仕合わせか解らないと、杉はその医者に笑い返したが、それから四年もたって、まだ三十五六なのに、何時か杉は白髪を鬢に見出した。

「こんなに金の注射したら、白髪どころか金髪になりましょうな」

ユーモラスな博士は、或る朝、杉の左腕の静脈に注射を終り、静かに杉を寝せて、血にぬれた器具を拭いながら真面目に冗談を云った。杉は金属性な液体が血管を荒れ廻り、直に身体中を暖める不気味な感覚を堪えようとして、目をつぶって、その言葉が冗談か本気か医者の目に覗けなかったが、日本人らしくそれを本気にとって、病菌を殺すが同時に、そんな影響を残す無機物が我が血液の中に混るのだと云うことに、跳ね起きる程驚愕を抱いたものだった。医者は静かに、静かにと優しく落付け、勇気付けてから握手して病室を出て行ったが、その時の注射連続が終ると、杉はもう次の連続を始めることを拒絶した。それにつけても病気前に子供の出来たことを、杉は神にでも感謝したい程、子供のために悦んだ。産れると直に託児所に預けてあった子供を手許に引取り、日本に帰って、成長する様をじっと見護るに従って、杉は愕然として、運命の前に立ったように、その喜びを深める日が多い、病菌や金の注射の影響が、この可愛い、そしてか弱い幼女の血になくてよかった!

「貴方が若い気になれば白髪なんか出ませんわ。心持が老いたからよ、きっと」

ヨシ子は我知らず選手達の裸体に見とれていることに、周章てて、夫の方を向いたが、夫は何本かの抜いた白髪を、じっと陽にすかして見詰めていた。それは妙にヨシ子の心を陽気にし、淫らな冗談が唇を突いて出そうであったが、やっと異った言葉に翻訳した。

「貴方は毎晩良くお休みのようね、そんなによく呑気に眠られるのが、腹の立つのを通り越して、妾不思議に思いますわ」
一本十円もした金の注射ではあったが、どの毛にも金色がなく、透き通って澄んでいた。杉はほっとして、妻の言葉を聞いた。硝子戸をすっかり開けて、晩春の光を、茶の間にも一杯にし、杉は両掌を挙げて、縁側で大きく呼吸した。緑を張った百坪許りの芝生に、子供が球を転がして遊び、隅の楓の若葉が目に滲みる程鮮かであった。

「貴方はどうして何とも仰言らないの」

「散歩の時間だな」

何か云ったら、毀れるものが、夫婦の間にあることを杉は感じていた。妻が何を云わなくても、その胸や頭に横切る考えを、杉は一つも逃がさず感得できた。まして様々な身振りや、衣を着せた言葉に、妻の真意を探ることは易かった。それは愛しているからでもあろうし、二人の生活を壊すまいと云う必死の努力からでもあるが、鋭敏であると云われる女性が夫の衷を汲めないことは、杉には、歯痒いことだった。

昨夜も、相撲を見たいと云い出した妻が不憫で、寝台の枕卓の電燈を消してから、再び起き上り、ピジャマの襟を合わせて、寝台に腰掛け、スリッパを足で探した。療養所《サナ》のように、寝室に続いたベランダも窓を開けて寝ているが、どんよりした月夜が、一間の広い窓に額縁に嵌まり、ネットリした湿気を含んだ空気に、紛れ込んだ花粉もむせるようで、杉は妻が不憫と云うことよりも、狂い裂けそうな男根に引かれて、妻の寝室に、二階を駈け下りそうな、衷からの暴風に煽られた。

杉は周章てて寝台に潜り込み、毛布を深々とかぶった。四年間闘病しての習練が、滑り込む本能に立ち塞がったのかも知れない。何も嗅ぐまい、聞くまい、思うまいとするが、どの動脈にも動悸が騒々しく響いて、目が熱く、開けば涙がこぼれそうであった。よし良くなったようでも、この血に混る病毒と金属性なものを、次に産れる者に遺したら！　杉はガンガンする頭で理性を喚《よ》ぼうとあせった。それは、泣いても泣き切れない宿命的《フエタル》な歎きであったが――

併し、今見れば、どの白髪も透いて、濁りなく、鍍金らしいものさえ感じられないのは、身体の組織が既に浄化作用を行ったのだろうか。杉は身も軽くなる思いがして、そのことに就いても博士に良く相談しようと、浮かぬ顔をしている妻に、そうした悦びの計算を伝えたくて、優しく肩を叩いて云った。

「久し振りに一緒に君も歩かないか」

「ここはスイスではありませんもの」

珍らしく風のない晴れた春日をも、享しめなくなった妻、杉は妻を幸福に盲にしたのも、我身の拗《しつこ》い病気であることを省み、病菌が冒したのは唯我が肺臓ばかりではなく、妻の、そして三人の幸福をもだいなしにしてしまったことを思ったが、新聞を横にして立とうともしない妻の崩れた姿勢を見下ろしながら、庭でパパ、パパ、と陽気に呼ぶ娘には、潤多い心を感じられそうで答えられないのに、妻を思い切り蹴飛ばしでもしたい衝動をふと感じた。

杉は散歩から汗ばんだ軀を、二階のベランダの長椅子に休めようと登って来て、珍らしく妻がベランダに続いた部屋の椅子に掛けているのを見付けた。何かあったな――妻の萎れた様子から、直に杉はそう思った。幸福な友人でも訪ねて去ったのであろうか、よく街から着飾ってやって来るマダム達は、饒舌と一緒に胸をわくつかせるものを撒き残して、帰って後にもヨシ子をぼんやり考え込ませることを、知っていたから、杉は労《いたわ》るように妻と並んで掛け、優しく、何があったのか訊ねた。妻はすっきりした顔を向け、黙って一通の手紙を杉に渡した。

「うん？」

「ムッシュー・エ・マダムスギ（杉御夫婦様）としてありますわ」

アルマンから二年振りの便りだった。同じスイスの療養所《サナ》で知り合ったフランスの学者アルマンの。――夫人を看護するアルマンと、夫を看護するヨシ子とは、同情から何時か長い禁慾生活を破る破目に陥っていた。療養所《サナ》を繞って乱れた性生活の渦に、我知らず巻込まれた一時の悪夢であったと、思い出しもしなかったのに、……ヨシ子は絨緞の上に、陽におどけるような一匹の蝿を見るともなく眺めながら、杉の言葉が待ち遠しかった。

「九月の万国統計会議にフランスの代表者として来るって、そんな会議が東京にあるのかしら」

「新聞にいつか書いて居りましたわ」

それを答えるだけでもヨシ子にはありったけの努力だった。

「それは素敵だ。何年振りにフランス語を話せるし、スイス時代の話もできる。アメリカ経由で、桑港から浅間丸をもう予約したって書いてるが、九月何日に横浜に着くか、郵船に問合わせて見るかな――」

アルマンとの関係を夫が知るか、知るまいか、それもそうだが、又会ったなら、我が「女の軀」に頼れるか、ヨシ子にはそれが一番怖ろしかった。あの時には、娘は遠く他人の手に託してあったし、夜更けてピジャマのまま、ふらふら夫の病室に入り込んだのは、二度や三度ではなかったが、その度に、夫が冷い掌を心臓に押すように拒んだのを、憤怒で戸を閉じかえした。けれども今は娘を傍に懐きしめ、誰に憚ることもないのに、夫の寝室に上って行こうとしたこともない――ヨシ子は震える肉体を抱きすくめるように推理したが、その安心させる一連の考えを、黒く横切るものがあった。こうして郊外の岡の上に、夫と子を護って市内に出ようともしないのは、電車の中で、街頭で、人込の中で、健康な男に上気しそうな体を怖れたからではなかろうか、乳房をしっかり圧えても、両肩を窄めて堪えても、その肉体の餓えているものを、ヨシ子は恥しいけれど、知らねばならなかった。

「ピエラさんはどうしているかな、伊太利人も、ファッショの徽章を得意にボタン穴に光らしていた老人も――」

杉は余り美しい為に読み悪い筆蹟をやっと読み終って、苦しかった療養所生活の仲間のことを、妻と話そうとしたが、ヨシ子は大きい封筒を取って、細い前脚で一心に化粧しているような蠅をポンと叩いた。蠅は逃げたが、その拍子にヨシ子も立上った。涙を溜めてはいないが、目は泣いているようなのを、杉は見のがさなかった！

「どうかした？」

暫く答えなかったが、ヨシ子は力なく――

「妾、子供が欲しいの」

こんなに震えている弱い体を、抱いて防いでは貰えないだろうか。愛している、愛している、何度聞かされても、ヨシ子の軀は言葉ではもう承知できない。目を閉じても、アルマンの抱擁は昨夜のように胸をふくらませるではないか。

「子供って、ルリコがいるではないか」

情なく、思い遣りのない言葉であろう、ヨシ子は夫に背を向けて、ずかずかベランダの方に歩み去った。

「妾、あの子には乳をあげなかったでしょう、母らしい本当の情を知らないような気がするの」

岡の上のベランダからは、緑の中にはみ出た黒い屋根々を越えて、戸山原を遠くに瞰させたが、五月幟が五六本、長閑に吹き流れている。その景色はふと少女の頃を思い出させたのであるが、ヨシ子には幸福を逃がして了ったような感情となって、胸に絡んだ。

「貴方、アルマンさんのマダムはあれから間もなく亡くなったんですってね」

「そうらしいな、気の毒に。ビアル夫人も、パラビチニも……」

ヨシ子の言葉は、女が怒りを隠す時に、よく残忍に放つあの無思慮な毒舌であったが、幸なことに、杉を瞞す柔かな調子を帯びていた。杉は手紙を整理しながら、幾人も死んだ仲間の噂をし、ベランダに出て来た。

「雪が消えて山の上にも春がやって来るにつれ、いい人々は段々山を下りて、取残された第一年の春は、寂しかったな。とても、日本には生きて帰れないと思ったりして――」

「――」

「アルプスは崇厳だ。レマン湖は可愛い、澄んだ高原の緑は美しい。君を励ます為に何度云ったか知れないが、実は僕も美しいとも感じなかった。よくなってから今一度見直し度いと思ったが――」

ヨシ子は思い出していた。日本に帰る許可を得た春のカルナバルの舞踏会を。それを名残りに、全快した人々が里に下る喜びで、銘々仮装して踊り明かしたっけ。音楽は山や谷に反響し、遠近のサナやホテルからも、仮装団が繰り込んで、そんな生活のお終いに、極楽場が開展せられたっけ。花、シャンパン、光、音、色、甘いかおり、――そんな中でヨシ子は最後にアルマンに会ったのだった。日本に行きますよ、踊りながら囁いたが、よもや本当に、しかもこんなに早く来ようとは！

「こんな病気で助かるのは、戦場で弾丸《たま》にあたらないより難しいことだ。まあこんなによくなったんだし、僕など有難いことさ」

杉は脚に毛布を掛け、長椅子に寝た。

「よくなったって、どうせもともとですもの。妾、スイスを立つ時は、もうサナ生活はお終いと思って居りましたのよ、やだ、やだ」

よくなっても、もともとである！　その言葉に、よってたつ土台の崩れるような本当さを杉は感じた。病まない者には、もともとであろうが、病む者にはそれが総てである。杉は起き上って妻の顔を熟々《つらつら》眺めた。愛する妻をそんなに遠く感じたことはなかった。

再び寝たが、向うに晴れた青い空が、杉の目には潤んで映った。

二

どんな事件も我々の個性に依って一変する。人間は、産れつき、幸福か不幸に分れているのであろう、杉は穏かな生活に稍《やや》もすれば不平をもらす妻を、そんな風に眺めた。然し偶には父親が訪ねて来る時には、喜んで小娘のようになる事を見るにつけ、不幸な事件に個性が歪められるのであろうかとも思った。関西の実業家である父は、たった一人の娘のヨシ子や孫のルリコの側に来ると、寛《くつろ》いでホテルに会うべき人が待つことも忘れるが、ヨシ子の笑声もよく、二階のベランダに響いて、杉も昼寝《キユール》を早めに止めて下りたりする。時間表に従った杉の生活も、父親によって狂い、家中がお祭のようにはしゃぐことが屢々あった。

或る日、夕食も終り、父親は肥った肚にチョッキのボタンを嵌めながら、ビールで赭くなった顔を杉に向けて、ホテルの帰りがけに銀座のカフェに行こうと誘った。杉は就寝すべき時間に一時間半もないことを考え、躊躇したが、ヨシ子が夏羽織など出して来て、せき立てるので、杉も父の自動車に乗らねばならなかった。父親は、知った土地ではできないがその点東京はいいと云った。芸者より間違いなく気も楽だとも。それから、銀座の一流のカフェを挙げてその特色を一々比較し、何処にするかとも。然し杉はどうせ父を喜ばせる為であって、何処でもよかったし、父親のカフェと云う一種の訛りのある発音に微笑していた。

カフェの内部は電燈の光を面白くして、大きい金魚鉢のように見えた。女達は華美な大袈裟な尾を徒らに翻すように、往ったり来たりして、お客は誤って入れられた黒い麦魚《めだか》のように、あちこちの隅に、藻のように置いた植木の蔭に、じっと動かない。それに道路に面した硝子窓には、実際涼しくする為ではあろうが、上からは休みなく水が流れ落ちている。

杉はビールで唇をしめしながら、よく周囲を眺めた。然し眺めれば眺める程不潔で、不健康であった。煙草の煙は天井を覆い、女達の草履が蹴上げる埃が、扇風機にブンブン八方に撒き散らされ、そして感傷的な唄がいやに拡声されて、雑音と一緒に神経に突っかかる。これでは皆結核患者になってしまうような気が、杉にはした。そう云えば、飲ましてね、と杉のコップに無遠慮に口をつけた女給も、軽い咳をする。父親の横に三人も坐った女給もそうだ、ハンケチでそっと唾を取った。助からない、杉は腕時計ばかり盗み見たが、機嫌良く女達にからかっている父親に、帰りを急がすこともできなかった。

「どうかな、カフェの女は？」

ホテルに送る自動車で、杉は父に問われた。「さあ——」どの女給も汗と白粉の匂いだった。薄い着物に淫らな線をやっと隠して、不健康な卑しい目を突き出していたが——

「巴里のキャバレだったな、あれとどうかな」

「僕は到頭キャバレに行って見ませんでしたが——」

「四年も巴里に居て、それなら何をして居たんだね」

父親は酔った息を杉の右頰に感じさせながら、親しく肩を叩いて続けた。

「一つ女とたのしむような元気になって貰わなくては——」

杉はその時まで微笑していたが、鳥渡《ちよつと》硬張った表情に変った——済みません、そんな心持だったが、もういいよここで失敬するよと云って、ビューローからボーイに案内せられて行く父の後姿は、猫背に見えて、杉には心細かった。これも疲れたからであろう、湿めっぽい夜気は熱い頰には爽快であるが、咳を喚《よ》びそうに怖れた。バカな目に会ったものだ、杉は車を棄てると、そのまま二階の居間に急ごうとしたが、十一時過ぎているのに妻は茶の間に起きていた。

「どうでした？」

「疲れてしまった」

ヨシ子も着物を換えて、厚化粧をしていたが、そのことが、杉にはムッとする程の穢さを感じさせた。お前もか、然しそれを口には出さなかったが——

「お茶をさまして御座いますわ」

杉はそれには返答せずに、洗面所に入って強いオキシフルで含嗽を始めた。

「厭ね、消毒薬の臭いばかりさせて衛生屋のように。偶にはお酒の匂いでもさせて貰いたいわ」

杉は普段よりも濁った妻の目に気が付いた。

「もう遅いんだな、寝るかな」

「偶には軌道を外れてもいいでしょう。貴方はもうすっかりよくなったのですもの」

杉は妻の怖ろしい剣幕に逆《さから》ってはならなかった。それでなければ、愛した妻が、見苦しい一つの肉の塊りになってしまいそうだった。

「ね、博士にそのことを良く相談していらっしゃいよ。妾もう我慢も何もできない」

その言葉は、二階の寝室に上っても、杉の耳を離れなかった。下の寝室から、間もなく、子供の泣声と妻の癇高い声がして来た。杉は身を起し、耳を欹てたが、直に静かになった。ほっとして目を閉じたが、妻の目の中には絡みつくような閃きを思い出し、それからは何回千迄数えても、楓の葉を揺る風に神経を研ぐことになった。

よくなったのであろうか、咳や喀啖は勿論、熱がなくなって三年も経ち、目方も発病前より二貫目も増し、素人見には殺しても死ねないような顔色をしているが、杉は軀の何処かに皸《ひび》を感じる。夏が近づき、空気に湿気が多くなると、その鞭は湿度計の如く鋭敏に感応して、身体の調子が乱れる。博士は神経でしょうと云ったが、博士には他人の身体は解らないのか、聴診器を耳に当てたり、肋骨の上からポンポン叩いた位で、微細な肺臓の組織の変化が解る筈もなかろうし、杉は毎月何枚かのレントゲン写真を撮り、それに写る様々なレジオン（黒く写る部分）を、前のに比較して、自ら判断するので満足していた。

「貴方は医者も同じだが、何か——」

杉がレントゲンの検査を終ってから、伺いたいことがあるからと博士の部屋に帰ると、肺結核にかけては日本一と云われる老博士は、そう笑って、眼鏡を外したが、杉の真面目な様子に気付いてか、改めて後の窓を閉じた。

「どんなことですか」医者と云うよりも、父の友人であることを示そうとして、几帳面な博士が、卓に両肱をついて、眼鏡を弄びながら促した。

「私は、もう子供を持っても大丈夫でしょうか」

博士は鳥渡その問いが呑み込めないらしく、眼鏡を落して、杉の顔を熟々眺めたが、

「そう云うと君は——」そう云って、老博士は屈託のない笑声を挙げた。杉は知らずに顔がほてり頭が下ってしまった。

「それはいけない」笑いを止めずに、老博士は続けたが、問いかける杉の目にぶつかると調子を変えて、

「今迄禁慾生活をしていたって云うのかな」

呆れたように真正面《まとも》に見られて、杉は困った微笑を返した。

「ふーん、それはいけない。奥さんが可哀想だ。だが、若い者としては感心だった。もう君なんか病気ではなかろうが――」

然し杉はそこで相手の言葉を断った。問題は我が病気のことではなく、血液に混っているだろう病毒や注射が、子供に遺伝するかを知りたかった。

「体質は遺伝しても、病気は遺伝しないと医学上では云っているが――」

「その体質と云うことが、病毒や注射などの影響でしょうか」

「そうではないと解釈し給え、然し人間の身体《からだ》自体も全く不思議なものだから、そうした心配は神様にお委せして、奥さんを喜ばせて上げなくては、不自然だからな」

「私には病気前に産れた子供が一人居りますが、その子を見ていますと、私の病気の影響を万一持って産れて来るとしたら、とても大変なことに思えて、もう子を持てるとは、どうしても――」

「結核は遺伝しないと医学上云う。然し生命の秘密は最後は神様だけが知ることだろうな。健康だと思っている者が、どんな遺伝的病気を持っているか解ったものではなし、君も全快したものに決めて、普通人の生活を始めたらどうかな」

神様だけが知るのか、杉は解決せられない問題を重く胸にして、大きい病院の建物を出て行った。

杉が車を岡の途中で棄てた時に、珍らしく岡の上の茶色の壁に夏の陽が映えて、ピアノの音が流れ出ていた。ポーチで遊んでいたらしい娘は、ころがりそうに、父親に駈け下りて来た。

「ママがね、洋服きてるのよ」

「うん、うん、大人のすることをみては駄目ですよ」

娘は然し三時に夏蜜柑を頂いたがうまかったとか、ママと散歩して紙芝居を見たがつまんなかったとか、チンドン屋に三つ会ったが文化市場が売出しだとか……留守中の出来事を報告する積りらしかった。

「ママね、サロンよ。ルリコ行くと叱られるの」

杉は含嗽や手の消毒など終って、妻を妨げないように、そっとサロンに入り、後の椅子に掛け、ショパンのノクチューンを聞いた。ヨシ子は巴里でもピアノを本気にやっていたのに、ここ二三年滅多に叩いても見なかったが、杉は、こうして何かに妻の興味を見出して行くことを喜んだ。

「貴方でしたの」曲が終ってから初めて杉の居たことに気付いたが、夫に医者の容態も聞かず、離れた長椅子に自由な姿勢で掛けた。杉は女中の持って来た冷い物を飲んで、

「アルマンさんがその曲を好きだったな」

「そうそう、妾、誰かが好きだった曲だがどうしても思い出せなかったの、アルマンさんでし

たわね」

ヨシ子は小卓の上の煙草を口にして、器用に火をつけた。

「君は煙草がいけるのか」

「あら、洋服を着たら急に色々向うでの習慣が自然に出るのよ、形式主義って本当ね」

ヨシ子は可成り周章てて煙草を灰皿の上に置いて、笑いながら云い、つと立って――

「これ矢張り似合うでしょう、余り長過ぎるなんて、あの頃云われましたが、近頃のように長いモードだと、少し短か過ぎはしません？　つけ髷を取ってしまえば、髪だってお誂え向きの長さに延びてるし、夏は洋服に限りますわね」

濃い黄色な午後の服が、黒い目、黒い髪にぴったりして、組むようにしていた裸な両腕は、悩ましい位素晴らしく、日本人離れがしていた。

「妾これから、折角ある洋服、毎日着ようかしら」

ヨシ子は夫には無頓着に、再びピアノの前に坐ったが、弾かれた曲が何であるか、杉には解らなかった。

夕食には、ヨシ子は華美なデコルテに換えて来た。杉も驚いたが、田舎出の女中達は、食器を運ぶ毎に、胸の造花や、装飾用の銀色などに、好奇心に燃える目を無遠慮に向けた。二人は無口に食事した。銘々異ったことに心奪われて、ちぐはぐな気持であったが、誰もそれに気付かなかった。果物はサロンに持って来るように云いつけて、ヨシ子が立ったので、杉も続いた。

「貴方も用意なさらない？」

暫くしてヨシ子が促したが、杉は鳥渡思い出せなかった。フランスの或る芸術家の招待舞踏会にホテルに招かれていたが、普段全く外出をしない妻が、それに出席する積りなのか、杉には呑み込めなかった。

「タキシードが面倒なら、背広でいいってお話よ、……ね、貴方、それに父がホテルにいて、一度踊る所を見たいなんて云ってますから――」

杉もフランスにいる間、踊らねばならない所では踊った。然し日本では、仮令《たとえ》病気でなくても、踊る気にはなれない。そんな長閑な雰囲気が社会にないように思えて。それに、その夜は博士との会話に気も重かった。

「ね、お疲れならば、唯ついて来て呉れさえすればそれでいいのよ。でないと、父が心配しますから……」

ヨシ子が幸福であることを父親に示そうとする心遣りは、杉も普段から知っていたが、かと云って、直にタキシードを着ようとはできなかった。それを見て、ヨシ子は手荒く煙草を取り、さっぱり放った。

「アルマンさんが来れば、一度は必ず踊らなくてはなりませんもの、妾随分しないから、練習にいいと思いますわ」

杉は妻を喜ばせたくて、タキシードを着て、胸まで覗かせるデコルテの妻と深く車にかけた。

車は岡の森を徐行したが、窓近く白い栗の花が見えた。ヨシ子は、裸な腕にふるえるような感覚をその匂いに感じて、目を閉じたが、杉はそっと窓を下ろした。

そんな風にして出掛けた夜会であったが、ヨシ子も余り踊ろうとしなかった。刺戟が強く眩暈がしそうだと夫に云ったが、実は、相手の腕の中で、次第に小さく崩れて行きそうな「女の体」が怖ろしかった。とてもこのままではアルマンに会ってはいけない。それこそ惨めな不幸が起りそうに思えて、卓に父と夫を両方に置きながら、われ独り海底に沈むようにカルテットの楽も耳に入らなかった。杉も最初に踊った或る婦人が余り痩せて、骨張った顔を五色に彩り、軽い咳をしていたのに、こりごりし、周囲を見れば、不規則の生活に疲れてか、どの人も結核患者に見え、スイスの療養《サナ》所の舞踏会のようで、眺めるのさえ不快だった。それ故、父親が部屋に帰ると云い出すと、二人とも静かな岡に急いだが——

朝の散歩から帰ると、妻が微笑して手招くので、前夜のこともあるのに機嫌の良いのを安心し、行ってそっと化粧室の前に立った。子供が人形を抱き、鏡に向って話している。——キミコさん、あたしのお人形ね、おしっこしてこまるの、おたくへつれてきましょうか、ええそうなの……

「ルリコも一人では可哀想よ」

ヨシ子は突慳貪《つっけんどん》に云った。杉はその調子に、前夜の妻が残っているのを知った。妻は車の中で熱苦しい程に杉にもたれかかり、帰って、サロンで杉の膝に顔をあてていつまでも泣いていた。杉は当惑したが、妻が乱れれば乱るる程、妻の求める健康的な衝動を感じずに、駄々子を扱うように、背を撫でていたが――

「貴方は本当に妾を愛してるの？」

「おいおい、朝っぱらから、何を云ってるんだ、バカだな」

「バカだからこそ我慢してるのよ、卑怯ね貴方って人」

杉は二階のベランダに退いたが、空はいつも低く、湿気が多く、肚に張りが抜けたように鬱陶しくて、愛のなんのと云っていられない程生気がなかった。早く高原に行こう、浅間山の中腹のホテルに、杉の心は梅雨の頃から向いていた。

然しヨシ子は夫に従って軽井沢に行こうとは云わず、子供を連れて、関西の実家に帰るのだと、何度も仄めかした。岡の上に住んでから一度も里に帰ろうともしなかっただけに、それは夏だけを意味したかも知れないが、杉にはそう取れなかった。ヨシ子はそうして、夫の心を動揺させても、積極的に動きかけて来ないのは、住む家が広過ぎるからであろう、ホテルの狭い部屋で奇蹟が起るかも知れない、と微かな希望を高原に持ったりした。

三

グリンホテルは、模倣巧みな日本の建築家が、高山療養所を高山のホテルと間違えて、建てたものらしい。人家を遠く離れて山の中腹に、南向きに腕を拡げたような外形も、各部屋に南にベランダ式キュール（安静して大気療法の出来る場所）の附属していることも、スイスの療養所そのままで、ヨシ子は此処に来て失敗したことを知った。これでは、夫は自然に規則正しい療養生活を続けるであろう。ホテルから見る素晴らしい眺めも、沓掛、軽井沢を脚下に瞰《み》、遠く左に上州の山々から妙義の一連を経て、右に日本アルプスを一望に納めるが、それもスイスの景色であり、朝から夜まで鮮かに変化する山膚の色彩も、嘗て療養所の窓で見たものである。ヨシ子は落胆した。子供と女中を連れて、よく山を下り、軽井沢の街に車を走らせて、憂さをはらした。

或る午後、ヨシ子は街から登って来る途中、横の細道から、ゴルフ帰りのような服装で、杉がステッキを振りながら出て来るのをチラと見付けた。車を止めさせたが、杉は急な坂道を一気に駈け寄った。

「まあ貴方、そんな無法なことなすって」

坂道を登ることで、肺病患者はその病状を知ることが出来る。スイスでは、こんな坂を杖をついて、二三回は休んだ杉である。全快しても、会話しながら坂道を登ってはよくないと聞いているのに、走り上るなんて。

「胸に触ってごらん、心臓だって驚いてないから――」

ヨシ子は車に夫を拾う積りであったが、ホテルもそう遠くなし、子供を下ろして、皆一緒に歩くことにした。杉は口笛を吹いたりして、先頭になって子供等を励ましたが、ヨシ子は、そんな元気な夫を初めて見た。

「そんなに早く歩いて、貴方いいの？」

「大丈夫さ、もう皹《あかぎれ》がなくなったようだ」

「皹？」

高原の空気は湿気がなく、澄んで、眠った身体の組織をさまし、不純なものを全部吐き出して、身体中すっきり引透明になった如く、内部にどこか引掛かった皹も、もう感じられなくなって、杉も本心よくなったと両手を挙げて、深呼吸が出来た。

「ルリコー、パパとかけっこしようか」

平坦な道に出て、杉は子供とおどけた形で競走した。ヨシ子も続いて走ったが。

「妾の方がこんなに息を切らしてしまって――」然しこの二週間、夫のことに努めて無関心に、街に下りて、避暑地らしい心の戸を外した生活をしている間に、夫がそんなに、結婚前のような健康と元気を取戻したことは、ヨシ子にはそれこそ奇蹟だった。考えれば、夫はホテルの食事では不足して、いつも余分を註文し、夜は勿論昼の二時間も豚のように眠っていた。ヨシ子は、無性に嬉しくなって、夫に対して頑な気持が一度に崩れて行った。

狭いキュールに運ばれた四時の茶を飲み終っても、二人は小さい卓をはさんで、何も云わなかった。それだけでもう、飽満な気分に浸り、言葉は余計であった。何年こんな気持を忘れていたことか、ヨシ子は狡《ず》るそうに目をあげた。そのとたん、肚に滲みる地響と共に、凄まじい爆音がした。二人は跳ね上ったが、ヨシ子は夫の胸に犇と抱きついた。地震ではなかった、ほっと力を弱めた時に、ヨシ子の唇は、夫のに塞がれていた。

「浅間の爆発、綺麗々々」ホテルの庭から声がして、二人ははっと離れた。爆発だったか、ルリコは？ ヨシ子は直に外に出ようとしたが、杉は呼び止め、小声で云った。

「お前、含嗽をしなくてはいけない」

「マア、何を云ってらっしゃるの、貴方――」

ヨシ子は然し処女のように真赤になって、廊下に急いで消えて行ったが、杉は茫然として、キュールに立っていた。

「モン・シェリー（愛する人よ）、浅間山が素敵よ、降りて参りません？」

杉は目覚めたように、下の庭に出て、夕方の深い大空に、花キャベツの如く黄色にひらいた爆煙を見た。荘厳とだけでは足りない、花キャベツは、上に上に花弁の層をムクムク押し上げ、緩やかに東の方に傾いて行く。庭に集った人々は、口々に感嘆詞を投げ合うが、日本語は如何に饒舌で、言葉足らずであるか、杉は離れた岩に腰掛け、爆煙が崩れて空を覆い隠す迄眺めていた。ヨシ子も黙ってその岩の下に佇んでいた。細かな灰が雨の如く降り出すと、二人は手を取り合うようにして、二階に帰って行った。

杉は結婚前のヨシ子を再び見出したように思った。慎み深く、処女のような秘密な喜びを、日に日に深めて、杉を落付けた。ヨシ子にしてみれば、それからは蜜月の如く、軽井沢も浅間山もなく、唯夫と娘との傍で、晴れた日と澄んだ夜が廻転して行った。

或る朝、杉が目を覚ますと、化粧室に水の流れる音とヨシ子の小声の唄が聞えていた。五年振りに聞く妻の歌に、長い闘病生活の報いられた如く、杉は妻の子供らしい喜びを素直に受け、それにつけても、妻を歪めて来た厳しい生活を省みた。杉もまだ早いが起き上り、朝食前に附近の落葉松の林を歩いた。朝霧にぬれて、松の匂いは胸を膨らませたが、緑がなお深いのに、帽子の上に細かな葉が降り落ち、鳥さえ鳴いていた。もう高原は秋近くなったのだろうか。

部屋に帰ると、浮かぬ顔をして妻は、電報を示した。三日ヨコハマニツク、アルマンからの無電であった。九月三日と云えば二日しかなかった。

「随分失礼ね」

フランス人としてデリカシーを欠いたような電報も、前の過失を肚に持っていればこそではなかろうか。ヨシ子はこのところ、アルマンのことなど忘れていたのだし、夫に抱かれながら会うのであってみれば、今更ら怖れることはなくなったが、むやみに腹が立った。

「あした東京へ引上げるか」

「マア貴方、アルマンさんの為に？」

「アルマンさんも他に知った人はなかろうし、喜ぶだろう」

「ここは秋の方がいいってお話よ、うっちゃらかしてお置きになったらどう」

ヨシ子はこの親和した夫婦生活を続けていたかった。此処を動くことで、狂いが生じはしなかろうか、夫の健康に良い土地を離れて、まだ暑そうな東京に戻ることは、それだけでも、ヨシ子は気が滅入った。然し、又引返して来ようと云うのに、夫がアルマンとの関係を知っているか、いないか解らないだけに、頑固に主張も出来なかった。このままアルマンとの交渉がなしに済んだらと、ヨシ子は何かの救いを願うように、心に合掌した。

「貴方、昨夜フランス語の寝言云ってらしってよ」

ヨシ子はアルマンのことに関する会話を避けたかった。

「夢には日本人の眼が碧かったり、みんなフランス語をしゃべったり、僕はどぎまぎして目を開くことがあるよ」

「マァ、妾には夢にだって、もうフランスが出て来ませんもの、駄目ね妾は」

ヨシ子は嘘を云って、朗かに朝らしく笑った。

浅間丸は夕方入港すると聞いていたが、念のために電話で郵船に時間を問い合わせると、朝早く着いて、アルマン氏は帝国ホテルに入ったと云う。杉は直にホテルに電話をかけて見ると、前ぶれもなく突然アルマンのフランス語が耳に鳴り出したのに、日本語を答え、やっと言葉を探し当てたが、そのことから二人は笑い合い、線を通じてもうスイスの二人になっていた。直に来て貰いたいと云うので、ヨシ子を急き立てたが、ヨシ子は出渋っていたけれど、遂に護身具の積りでルリコを連れ、地味な和服で出掛けた。療養所で友達として交際した人々は、人種や性を離れて身内のような親しみを感ずることは、ヨシ子も知っていたが、岡を下る車に速度を上げさせる性急さを、普段の夫から、どう解釈していいか迷った。

ホテルの戸を押して入ると、広間に丈の高い外人達が落付かず、マゴマゴしていたが、アルマンは分けるようにして進み寄り、杉の両掌をとった。

「ドウデス。トウトウ東京へ来マシタヨ」

二人は笑ったが、ヨシ子には慇懃に握手して、その掌を唇に持って行った。ヨシ子は決して手を出さず、日本人らしくお辞儀するに止めようと、あれ程車の中で心を決めて来たのに、つい釣られたことを後悔し、ルリコを前に出すようにして、「妾ノ娘デス」アルマンは子供を抱き上げ、額に接吻し、これが貴女の大切な日仏嬢《フランコジヤポネーズ》ですかと云い、可愛いと何度も、頤をしゃくし上げたが、子供は当惑して、絽《ろ》の長い袂を気にしながら、ヨシ子に隠れていた。広間の隅に一溜りの椅子を占領すると、アルマンは三人の顔を順々眺めて、

「コレガ貴方ノ全家族デスナ、杉サンハ健康ニナッテ、少年ノ如ク元気ニナリマシタナ、私ハコンナ嬉シイコトハナイ」

「貴方モ御丈夫ソウデ。前ヨリオ若クナリマシタ、ムッシュー・アルマン」

「若サ？ ソレヲ語ッテハイケナイ。私ハモウソレヲ喪シテシマッタシ、見給エ、コンナニ髪モ変ッタヨ、ソレヨリオ国ハ素晴ラシイ――」アルマンは浅間丸の豪華なこと、上陸と同時に新聞記者にせめられたこと、横浜からの途中眺めた工業の溌剌たることなどを雄弁に面白く語り、日本政府が余り親切過ぎて、スケジュールがガッチリ出来上り、身動きも出来ない始末だと笑って、ヨシ子に印刷になった日割を示したが、会議の外に、カブキ、日光、お茶、花、お能見物等、アルマンの云うように、余り盛り沢山であった。ヨシ子は所在なく印刷物を見ていたが、気なしに声を出して笑ってしまい、直にそれを夫に渡したが、たのしむ場所として銀座の地図に、カフェを書き入れ、特に推薦できる店として、二三を指定してあるのに至っては、「全ク日本ノ役人ハ親切過ギマスネ」

アルマンもそれを見て笑ったが、「日本ノ役人ハ巴里ニ来テ、サテハミンナ途方モナイ苦労シタンダロウ」と云い、真顔に返って嘆息した。

「コンナニ政府ガ親切デハ、日本ノ生活ハ息苦シイダロウ？」

フランス大使館から自動車が迎えに来たのを、他の同僚に注意せられる迄、アルマンは公の勤めを忘れていた。「ソラ議事日程デス」ユーモラスに微笑しながら、杉に握手し、何れ電話で毎日打合わせて会おうと云ったが、ヨシ子は握手しながら、全く鬢が白くなったことに気付いて、アルマンの年齢を考えてみた。療養所では色も性も年齢もなく、唯病人と健康者があったのだと、今更知った。陽に焼けて、暑い胸を張り、健康ではあろうが、家長のように坐って三人を見廻した目差しは、ヨシ子には、決して情人《アマン》のではなく、伯父の目であった。あんなに怖れていたのに、こうして普通の世界で会って見れば、年代を異にする二人であった。ヨシ子も割切れた気持で、岡の上に帰った。

アルマンは毎日電話をかけて、杉と療養所の「冬の宮殿」や散歩路で会う如く、蟠《わだかま》りなく日々の事件をたのしく語り合った。或る夕、食卓に就いてからであったが、杉は無理にヨシ子に受話機をとらせた。と云うのは、その翌晩、代表者全体が京都に立つ前の「左様なら舞踏会」がホテルにあり、杉達も招待を受けていたけれど、ヨシ子が欠席を通知してあったために、重ねて誘ったのであった。――「コトニヨルト、私ハ京都カラソノママ、シベリア経由デ帰国スルカモ知レマセン」ヨシ子は、その声に、アルマンの心の響を受取って、行くことを拒めなかった。

その夜もヨシ子は目立たない和服であった。華かな光の下に小さい卓を、杉、アルマン、ヨシ子で囲んだが、黒いタキシードの男の間で、ヨシ子の服装は地味過ぎたが、アルマンは上品な優雅を激賞した。ヨシ子は止むなく、巴里女《パリジアンヌ》らしい機智で笑いに紛らした。「妾が前程若クナイッテ仰言リタイノデショウ」と。アルマンは、日本に来て、初めて日本人の繊細な心や美を知ったと云って、様々の見聞を、電話で何度も話してあったのに、再び熱心に聞かせた。そして、カクテルが運ばれ、音楽は始まったのに、踊ろうともせず、それを伴奏として、胸の底でも撫でるかの如く、言葉を続けていた。スイスで会ったヨシ子も、この日本で見ると、手のとどかない異った星の女性であった。然しそれを云えないから、アルマンはヴィオロンの音に合わせて、優しい日本を惜しむのだが――

「貴方ハ幸福デショウ、マダム」漸く人込みの中にヨシ子を抱き入れて、アルマンは囁いた。笛の助奏が悲し気だった。

「妾ノ夫ハ健康ニナルシ、娘ハ成長スルシ、ソレ以上何ノ不足ガアリマショウ」

「ソウデス、ソウデス、貴女ハ幸福デス」

抱かれて踊れば、スイスの思い出が蘇り、矢張りなつかしい。何度も夢にさえ見たのに、こうして会えば、とてもお前と呼ぶ程に近づけない。ヨシ子はそれが年齢だけでない気がし、相手がもっと昔のようにやさしい言葉を囁いて呉れたら、ふとそう念じたが、アルマンは機械的に脚を動かしているのに過ぎなかった。思えば、アルマンも杉もスイスの話をせず、ヨシ子はアルマンがまだ落付かないからだろうと考えた。

京都から再び東京に帰らなかったら！　ヨシ子の怖れた通り、アルマンはその儘シベリア鉄道をとってしまった。その急な出発は、大学から冬の学期に呼ばれたからと書いて来たが、ヨシ子はその原因が解るようにも思い、心に糟の残った寂しさがあった。ピアノの前でノクチューンをよくたたいたが、慰まなかった。――自分のためにアルマンは不幸に帰って行った。その考えは尾を引いて、ずっとヨシ子に絡みつき矢張り昼寝を続ける夫に顔を曇らせた。

高原では完全に癒ったと思ったのに、杉は或る曇った朝、再び胸に皹を感じた。その皹は、その日の風向き、晴雨によって、大きくも小さくも感じられる。博士達が飽くまで神経だと断定し、レントゲンにも何も出ないとすれば、長い病気の跡として、墓場まで背負う覚悟を要するであろう。二階の上と下とに、家族とも別居生活して闘病しても、これ以上どうにもならない、泣き切れない歎きではあるが、杉は此後の方針を、この毀れた健康の上に樹てなくてはならず、深くなりかけた郊外の空に、しみじみ溜息した。

ヨシ子は、あれ程願った通りに、夫が二階を下りて来るようになったのに、それだけではどうしても満足出来ないことに気付いた。この儘でいいのだろうか。夫の同僚達は助教授に、教授になり、その論文は、新聞の広告にも多く見受けるのに、夫は昼寝ばかりしている――

「吉田さんは博士になりましたわね。貴方も、そろそろ大学の方に復職を願った方がよくはない？」

ベランダの枕許に、ヨシ子は椅子をずり寄せて云う。併し社会科学の研究は、強靭な健康を要する肉体的労働である、その点だけでも、杉は大学に帰ってはならない。

「専門のご勉強なさいね、小説ばかり読んでいないで」

ヨシ子は、又或る日は夫が寝ながら読んでいたフランスの小説を奪い取り、頁を裂いて、夫を奮起させようとした。杉はそのはしたなさを怒っても、山の如く積んだ経済書を開こうともしない。夫はこのまま社会に忘れられるだろう。郊外の岡の上に訪ねる友も尠くなったことを思うと、娘の未来なども段々暗く考えられて、ヨシ子は、夫の留守に二階から、フランスの小説を幾抱えも下に運んだ。

「本当に何かお始めになって下さいね、散歩許りしていないで――」

十一月の空は高原の如く澄んで、杉は健康に自信を得たように喜んで散歩から帰り、茶の間に、妻の横に坐ると、ヨシ子は期待しない涙声を浴びせ掛ける。

「貴方が働かないのが、妾、心細くて――」

杉は、はずんでいた心持に水を掛けられて、ムッとしたが、怒るのには天気がよし、そうかと云って冗談云っても、妻を苛立たさせそうなので、近頃考え続けていることを相談しようとして、

「うん、実は小説を書こうと思うのだが――」

「妾の云うこと何でも茶化してお了いになるのね」

夫が前から好きだった小説に此後専心しようとして、昼寝しながら真面目に構成し、書き始めていることを、ヨシ子は知らないから、夫の不甲斐なさにじりじりした。

「こんな時には、遊んでいられる人は遊んでいるのが一番いいのだが、僕などまあどうにか食

えるのだから、良い小説でも書いて――」

「そんな呑気なこと云ってられるとお思い？　円は二十四ドルを割ったのよ、今放送してましたわ、しっかりして下さいね」

「円がどうなろうって――」

杉は声を挙げて笑ったが、妻の目を見てハッとした。そうであった。ヨシ子も外国にいて、マルクやフランが暴落した時の、ドイツ人、フランス人の惨めな経済生活を見て来た。それ故、ヨシ子は外国に在って為替相場を注意して暮らした習慣上、日常生活に直接関係ない頃から、円為替に気を取られていたのだった。一年もたたないうちに、円の価値は半減し、毎日の如く下落して行く。このまま下ったらどうなるか。フランやマルクと等しくはなるまいか。あの時は、利喰者は社会革命があったよりも、悲惨な状態に陥ったけれど……ヨシ子は夫の収入のない生活の不安に、益々慄えた。

「五分の一切下げなんてことが実行されたら、妾達は餓えなくてはなりません」

ヨシ子は涙を溜めていた。妻が健康であるために、贅沢な心配するのだと考えても、杉も笑ってしまえないものを感じた。――今に日本は住み難くなるだろう、そしたら家族全部で再びフランスに来給え、君達に不自由をさせないだけの用意は何時もしてあると、今朝も書いて来たアルマンの手紙を思い出したが、僅かに三週間の滞在で、経済学者はそれを予感したのであろうか。ヨシ子も同じ手紙を思い浮べ、厭ではあるが、心の何処かで杉とアルマンを比較していた。

「まさかアルマンさんの御厄介になるなんて卑怯な真似は出来ませんもの——ね、貴方しっかりして下さいよ」

小説を書くのには、三十五やそこらでは若過ぎるではあろうが、杉は、今日からでも本心書こうと決心した。

〔1932（昭和7）年8月「日本国民」初出〕

椅子を探す

一

杉は寝に行こうとして長椅子から起き上り、安静室《キュール》（ベランダの一種）の入口に妻の立っているのに気付いた。

「何だ、いたのか」

ヨシ子は階下からそっと上って来て、もう十時過ぎなのに、軀を毛布に包んで大気に曝しているような夫を見出すと、寒々として言葉を掛けられず、硝子戸に軀を支えて、暫く立ち続けていたが、夫の驚いた調子を聞くと、我知らず怒りが胸にこみ上げ、続いた部屋の椅子にかけてしまった。開け放ったキュールの窓に、星が低く迫って、澄んだ空も冷々と感じられる。

「もうすっかり癒ったと許り思ってましたわ」

杉はフランスの旅で肺を患い、スイスの高山療養所《サナ》で二年、日本に帰ってからも、郊外の岡の上に闘病に適したスイス式の家を建てて丸三年、厳しい療養生活を続けて、漸く健康を取戻し、階の上下に別居のような長かった生活を棄て、ヨシ子も未亡人に等しい夫との関係がこれでお終いだと、辛抱甲斐のあったことを悦んでいたが、一ケ月許りすると杉は再び下りて来なくなった――

「うん、癒ったが？」

杉は安静室《キユール》を片付けて入りしなに部屋のスイッチを押し、そこに、絹のピジャマの肩に派手な羽織をかけた妻を見て、急ぎ境の硝子戸を閉めて、

「そんな恰好で風邪を引くよ」

「病気にでもなるといいのよ、妾も」

夫が勉強でもしていたなら、優しくお休みをして下りたいのに、言葉が唇を突いて出る。瓦斯ストーヴに火を点けて呉れようとする夫に目を閉じれば、涙がこぼれそうで、胸がジリジリ燃える。

「ねエ、貴方、こんなことで良いの、お金は残り尠いし、稼ぎはなし、親子三人飢えてしまっても」

「ストーヴの近くに来たらどうだ」

「ねエ、安静なんかしていられる時だとお思い？　お仕事をして頂かないと――」

「実は小説を書いているんだよ――」

「妾の云う事、何だって茶化してお了いになるのね、卑怯、貴方って人」

杉が余所目には健康体に見えるようになってから、ヨシ子はセパラシオンドコール（身体を離して暮らすこと）を続けきれなくて、昼となく夜となく、悩ましいまでに夫を誘惑し、或時は愛した者の骸を見るように、杉は慄然と妻を眺めた。然し五年振りに階を下りて普通の夫となってからは、新婚当時の如く妻の目にも、頬にも生気が輝いて、二人は子を中に芯から全快

を祝福し合った。が、それも束の間、ヨシ子の胸には異った不安がしのび寄って――地位や職業を失った夫が頼りなく、拗く夫を励まそうと努力し始めた。

杉は、妻が立った煖炉に近付こうともせず、硬張った表情で両手を椅子に突いているのを見ると、折角語ろうとした仕事の計画を、持ち出すわけには行かなかった。


杉は、南向に太陽と空気とを十分受けるように造られた安静室《キユール》で、暇さえあれば長椅子に寝て、大空を仰ぎながら数年過す間に、病菌を克服したが、いつか大気の神秘を感じるような気がして来た。――空気の清濁、湿度の高低、気流の変化など、鋭敏な機械の如く、軀のどこかに感応し、刻々に天候を予感出来る。それも一時は、長い病気が一種の皸を胸に残したからだろうと、発病前よりも肥った軀を熟々鏡に見入ったこともある。然し安静室《キユール》に安静し、空を見ていれば、心は常に鎮まり、想像力も昂《たかま》って、見えない波動にアンテナの受動する如く、たのしくなることを知り、病痕や神経ではなさそうに思われ、もう闘病の必要はないと医者は云うのに、今も快楽を求めて独り秘密室に入るように、安静室《キユール》に出て寝る。――

「あら、又安静なんかして、本当にまだお悪いの」

郊外の秋は深く、岡の上からは様々な紅葉の眺めも美しいが、澄んだ陽が高い空に漲り、金、銀、青、赤の煌く小珠となって跳ね廻るのに、杉は気を奪われていた。

「大学に復職出来ないのなら、父の会社で使って頂いたらどう? 妾、父に話してもよくって?」

ヨシ子は夫の好きな文学書を全部下に持ち運んだが、その後専門の経済書に手も触れない夫を見ると、小説を書くと云ったのが、矢張り本心であったのかと恐れ出した。それも友人達が教授になり、博士になったのに、病気故に遅れたからであろうと察し、関西の実業家である父に頼んで、夫の名誉心を充す地位を探したらと考え続けた。

「まあこんな病気からやっとよくなったんだから——」

「癒ったってもともとではないの？　大変なことに仰言るけれど」

「もともとだって？　そうかも知れない。だが僕には大変なことだ。生きられたら何をしようか、考えどおしだったからな」

「それが、まさか小説を書こうなんて、呑気なことではなかったでしょう？」

四年も恋愛して結婚し、子供まであって、十年近く添い遂げても、結局心臓を合わせられないことを、杉は今更悲しまない。長い闘病生活の間、妻に幻滅を感じたことは何度あったか——仏人アルマンと不義に陥ちた妻、子を連れ、夫を棄てて帰朝しようとした妻、愚痴をならべて悩ました妻、然し死に向い合って妻を眺めれば、どれも哀れに、不憫な姿であり、咎め立て出来なかったばかりか、今日になっては、よくこそ我慢して呉れたと、顧みられるのだが、今の妻の言葉には、然し、又しても愛することの難事を思わされ、まもとに妻の目を仰いだ。

「そっちに行って話すから——」

毛布を畳み、ズボンの埃を払って、隣の居室に来た。安静室《キユール》で妻と争うことになっては、祭壇を汚すことに等しく感じられる。

「円は二十ドルを割りそうよ。マルクやフランのようになったら私達はどうなるでしょう。売る物はもうなし、×××が起るよりも大変、独逸で散々見て来たでしょう。ねエ、折角丈夫になったんですもの、夢のようなことを考えていずに、金になる仕事を始めて頂かないと――」

ヨシ子は椅子にもかけず、大きい卓に倚りかかり、そこに飾られた菊の花弁を無闇に摘みながら、夫が入るなり顔も上げずに話し始めた。夫が語り出せば、いつも道理を探して、議論ではかなわない、その語る前に聞いて貰いたかった。経済恐慌、戦争×××、社会的不安と世間では云う、一体どんな程度であるのか知らないが、多年欧洲で為替相場を気にしながら暮らしたヨシ子には、円価の暴落こそその象徴に感じられ、こんな、所謂非常時に、拠り処のないのが、自分達一家の椅子のないのが頼りなかった。椅子が欲しい。それには健康になった夫が働いて呉れなければ！　それを、小説を書くなどと雲を掴むようなことを云い出されては――ヨシ子は菊の花を全部摘み終ったのにも気付かず、我が言葉に夢中であった。

「小説を書くって、真面目に仰言るのかも知れませんが、それは特殊な才能や生活のある人のすべきこと、已惚と云うものよ、貴方の」

死ぬかも知れない。杉は初めて結核と聞かされた時には、冷静に受取ったのに、その死を逃れるように、スイスの雪に軀を埋めてからは、若し癒ったら、丈夫になったらと、一途に心にかかったものがある。死が恐ろしく苦しいからではない。いいや、厳しい闘病生活には、誘惑でさえあった。それだのに、死ねない程に心残りだったのは、したいことをしなかったこと——文学道を避けた悔である。若い日に、周囲の事情もあり、才能が尠いからと学問を選んだのであるが、そのことがいざとなって、安心して眠る椅子のない思いとなって強く絡み付いた。若し癒ったら！　生命を燃やす油を、杉はそれに掘り当てた。

そして、社会から隔離して、安静室《キュール》に人間の乾物の如く、太陽と空気に軀を曝して暮らした何年間、杉は想像した人物と共に生き、心に構成した社会にたのしみを見て来た。それはわが読む小説を人空に書いていたとも云えよう。従って全快して、いざ仕事と考えても、小説より他に、杉にはし甲斐のあるものはなかった。然し実際に人に読ませるには、三十五やそこらでは若過ぎるではあろうが、妻を安心させる為にもと思い、百枚足らずの作品を或る雑誌社に送った。

「それでいいよ食えなくなったら、この屋敷を売ってもいいさ」

「そんなことにならないように心配してるのよ、妾は。それを、貴方って人は自分のことしかお考えにならない。ねエ、ルリコの将来も考えてみて下さい」

「どう変化するか解らないような社会になったんだもの、好きなことをしている他にないしな」

「こんな社会だからこそお金を稼いで頂かないと——」

「僕が死んだと思ったら諦められるさ」

――何と情ないことを云うのであろう、夫がそこまで決心してかかっているとは知らないから、ヨシ子は不甲斐なさにジリジリして、膝や裾にふりかかった菊の花弁を手荒に払って、

「意気地なしになったものね、貴方も。肺病は人間の精骨を蝕むって本当ね。厭だ、厭だ」

杉は秋晴れの郊外を一時間も歩き汗ばんで帰って来た。サロンでヨシ子がピアノを弾いている。音楽は心の言葉、それで妻の心の動静を感じられるから、安心して後の椅子にかけて黙って聞き入った。ショパンの難しいスケレッツォ。

「アルマンさんが好きだったな、その曲」

「妾、ピアノの出稽古しようと思うのよ、慰みにしたものを売るなんて厭ですけれど――」

普段の尖った調子がなく、素直に杉に向い合って掛け、

「同時にフランス語の教授《ルッソン》も始めたらどうかしら、吉崎大使のマダムもおすすめして下さるし――」

そんな決心までさせた我が身を省みると、妻を不憫にも思ったが、もっと日々の暮らしを切り詰めれば、そう心配もせず、心豊かに暮せるだろうに、それの出来ない妻に、淡い不平を感ずる。

「この洋服も自分で直したのよ。流行《モード》が変ったからって、いちいち買えもしないし、然し、巴里で作ったもの、古くても、手を入れても、何処か上品《エレガン》でしょう」

ヨシ子は立って茶色の午後服《アプレミディ》の襞の線を示し、思い出したようにして、ピアノの上の手紙を取り、杉に渡した。

「うっかり忘れるところでした」

アルマンの手紙だった。夫が読む間、ヨシ子は、ショパンの曲のテーマを無造作に、ピアノに何回も叩いていた。

「何と云って来た？」

夫が読み終ると自然勢込んで訊ねた。夫から受取った読み難いフランス語の行列に、ヨシ子は素早く目を走らせながら、溜息を嚙んだ。二人の秘密を匂わすものは微塵もなく、その九月万国統計会議に、フランス代表として東京に来た時の御礼や、三週間の日本の思い出を細々と書いてある。

——もう大学の冬の講義に追われています。いつ再び日本に行けるか、今度は君達三人が巴里に来る番。住み難くなったらしいお国を逃れて近いうちに来ませんか。私は君達に不自由させない用意をいつもしています——

「本当にフランが安い頃、みんなフランにして、南フランスにでも永住したらよかった」

「日本に帰りたがったのは君だよ」

夫がアルマンのことをどう思っているのか、スイスに夫人《マダム》を看護していたアルマンと、ふとしたあやまちを犯したが、それを知るのであろうか、はたの目にも羨しい程アルマンと親しくしている夫の気が呑み込めない、知りつつそんな関係を保つことは、賢いフランス人の間では当り前のことであっても、生一本な日本人に出来る芸当ではない。

「アルマンさんが帰ってからまだ二月しかたたないんだな、もう一年も前のような気がするが。死ぬ迄に又会いたいものだ」

夫の調子には欺りがなく自然である。考えれば、去る九月恐る恐る東京に迎えたのであるが、アルマンは髪も殆んど白くなり、ヨシ子も父にでも会うように、不安なく接しられたのであるから、夫は想像にも知り得ないのであろうし、総て四五年も昔に終ったこと、ヨシ子は努めて気安く思おうとした。

「然し小説を書いてては、フランスに又行けるなんて思いも寄らんな」

「だからお金をお稼ぎなさいと云うのよ」

二人はいつになく笑い合ったが、ヨシ子はアルマンを伯父の如く親しく思い浮べた。

二

「宿屋を開業したそうだな、十日許り泊めて貰うよ」

ある朝、関西の実業家であるヨシ子の父が、郊外の岡の家に、大型トランクを持ち込んで、湿っぽい家を陽気にした。

「帝国ホテルなみに頂くことよ」

「サービス次第だよ」

「それはかしこまりましたとも、商売ですもの」

小娘のようにいそいそした妻を久し振りに見て、杉も晴々とした。

「現金だぞ。——ねエ杉君、ヨシ子も慾張りになったものだな」

「あら厭ですわ、お父さまったら、妾の内職ですもの、杉には内証よ」

ヨシ子は人差指を唇に当てて睨む真似をし、皆それに釣られて笑った。

毎月必ず一回は上京しホテルに滞在する父を、家に迎えることに依って、家計を補おうと云うヨシ子の考えは、父を喜ばせたが、又、真剣勝負のような夫婦生活にゆとりを与え、ほっと息抜きさせることにもなった。

「今度はダンスの勉強だ、玉置さんについて」

「本気、お父さま？——六十の手習なら妾が手ほどきして上げますわ」

「若返り法さ。お前にも一緒に行って貰うよ」

「パートナー？　それともアシスタント？」

「お前の授業料は勿論こちら持ちさ」

「つまんないのね、それだけでは」

「サービスだと諦めるさ。そうそう——」

思い出したように、サンルームで隣の椅子に新聞を読んでいる杉に向って、

「今度はお目出度う」

「お父さまもお読みになって?」

「読んだよ。難しくて解らなかったが」

杉は微笑を答えていたが、顔のほてるのを隠せなかった。ある雑誌社に送ってあった小説が、偶然に発表せられ、批評家にも厚意を以って迎えられたが、関西の地方新聞は、父の関係から大きく書立てていたし、ヨシ子も父には誇張して報告してあったらしいから。

「一度に有名になったものだが、中々金になるそうだな、社の者も云っていたが、大仏《おさらぎ》とか云う人など――」

何事によらず、収入や名声より他に価値標準を持たない父に、純文芸には飢える覚悟を要することなど語れず、杉は相変らず微笑していたが、ヨシ子は、

「収入がよければ、お父さまのような面倒なお客様を取りませんわ」

「まあどんな仕事でも不景気だから、収入は尠くても我慢するんだな」

父は真顔になって杉に向い、事業方面の話に転じた。その電鉄事業など、業績不振で三分の配当も難しく、新設事業に手が出せず、止むなく事業課を廃止して、相当に社員を淘汰したが、気の毒で東京に逃げて来たようなわけだ、と云う。

「株主は苦情を云う、銀行は金を貸さず、喧しく借入金の催促をする。おまけに乗客はなし、

全く共倒れの時世だ。百姓など三里や五里歩いても電車に乗ろうとしない。電車賃を払ってA市に農産物を持って来たら、損になるそうだからな」

「モーター製造の方はどうです？」

「こちらは陸軍の方の註文があるから――」普段の二倍に人員も増加し、日夜兼行で製造しても追い付かない程の忙しさ、だが配当は制限せられ、設備の改良など面倒な条件があるから、思う程儲からない。――

「そんなにして、××でしょうか」

ヨシ子は急いで挿んだ。

「本年度の陸海軍の予算など尨大だからな」

真面目な父の顔をヨシ子は見上げた。様々な社会的不安の影響を、良いも悪いも直接痛い程受けている筈の父が、呑気にダンスを習うなどと云ってられるのが、解らなかった。

「父のいる間だけは下でお休みになってね、気を廻して心配するといけませんから」

妻が仕合わせであることを、父に示そうと普段から努力していたし、且つ恋愛して結婚する時にも父が不賛成であったから、杉は素直に妻の言葉に点頭《うなず》けた。が、父は夕食後直に寝てしまい、ヨシ子は児の世話や雑用に紛れ、杉はいつもの如く、軀を毛布に包み、開け放って、二階の安静室《キユール》の長椅子に暫く休んだ。――凍った空に星を仰ぐと、ビリビリ頭脳に感応するものがあるのか、書こうとする小説の影像が次々に浮び、遅くまでそれをたのしんで、うっかり妻のことを忘れ、安静室《キュール》に続く居室の寝台に、習慣的にもぐり込んでしまった。

杉は物音に喚び覚された。開けて眠る窓々に、先ず注意を向けたが、ふと妻の言葉を思い出し、あわてて半身をベッドに起した。もう夜明けは窓に寒く迫り、同じ物音は続いてする。耳を立てて漸く、廊下を距てた父の日本間からであることを知った。畳を歩くらしい跫音、杉は再び寝ようとしたが、その音が耳について眠れない。拍子をとるらしい音、どうやら、ワルツの足拍子であることに気付いた。そんなに早起して、教えられたステップを練習する父を、杉は愛らしく握手でもしてやりたかったが、音の絶えるのを長く待って起き上り、普段着に換えて、父の部屋に行った。

「日の出が素晴らしいよ、見給え」

父はてれ隠しに、雨戸を二三本くって杉を招き、東に向って両手を挙げ、深呼吸した。美しい日の出よりも、こうした父を近く見ることが、杉には素晴らしく爽々《すがすが》しかった。

「岡の上はいいな。塩原か箱根のようだ。こんなに気持いいと知ったら、もっと早く厄介になるのだった。ホテルよりいいわい」

父は午前中外出もせず、訪ねて来る者もなく、孫のルリコを相手に戯れたり、サンルームの椅子にうつらうつら居眠りをする。眠っている元気な丸顔も、陽の下では皮膚もたるみ、綺麗に禿げ上って、老と疲れが、ヨシ子には痛々しく感じられた。

「お父さまもお年を取ってしまったわね」

「沢山仕事をしていても幸福ではないらしいな、それを誤魔化していられるんだろう」

「そうかしら。昨日も先生の仰言るようにどうしても脚が動かないでしょう、年取ってもうお終いだなんて、妙に悄げていましたけれど、こんなに肥ってステップ踏むところ、姿見ていて可笑しさよりも、情けなくなってしまって――」

――安心して眠れる椅子を矢張り持たないから、然し反省しない楽天的な性格で、まだしも幸だ。居眠っている父の噂をしながら、杉もそう思って寝顔をじっと見た。

「仕事を離れていると天国だわい。居眠ったりして。どれ、ルリコが居なければ、出掛けるまで一練習するかな。これでも今度の仕事のようなものだからな――」

父は蓄音機にジャズをかけて、独りで踊ろうとする。

「杉君も一つ踊ったらどうかな。丈夫になったし、元気を出したら。小説でも書こうと云うには、脱線位しなければ――」

「杉は変人ですから――」

――お相手しましょうと、こだわらず立ち上りたいが、杉は顰面しそうな自分をどうにもならなかった。それこそ本場仕込みで立派に踊れるのに、日本に帰ってからはどっちを向いても惨めな生活相、よし病気でなくても、悠長に踊るなどと云う気分にはなれそうもない。

「十日間の授業が終ったら、一つ皆でフロリダに行くかな。どうだ杉君も」

「お伴しましょうか」

それだけ答えるのが精一杯だった。

父の滞在中は娘のように溌剌としていた妻が、父が帰ると萎れたのを見て、——杉は溜息をした。——杉が健康を漸く取戻し、兎に角小説を発表するようになって、それを妻も喜び安堵したからだろうと思っていたのに、矢張り、長い病気が二人の生活を根深く蝕んだのを知らねばならない。かと云って、杉には創作に精進するより他に、どうにもならなくて、安静室《キュール》に出て寝る。安静室はもう闘病室ではなく、杉の娯楽室であり、仕事部屋であった。

然しその夫がヨシ子にはじめじめ鬱陶しく感じられる。全快したのなら、なぜ安静室を捨ててからっとして呉れないか。

——杉君が毎日家に居るから中々大変だろう。ヨシ子はダンスに行く車の中で、ふと父に問われて、呑気な父にも心の底を見透かされたのが恥しく、あわてて打消したことがあるが、夫が機械的なつとめをし、家では陽気に話もし、笑いもする世間並の夫であったらばと思う。夫の仕事は貴いものであろう、その意気込みも立派であろう、同窓会などで会う友人達は、富んだ小説家の妻と云うことを羨んで、様々なことを訊く。然し——

ヨシ子は軽い蒲団の下に四肢を伸ばして省みる。夫の仕事には何も関わりのない自分。いいやそれどころか、夫と一つ屋根の下に住みながら、未亡人の如く見棄てられているのではないか。ヨシ子は滑かなピジャマの上から胸をさすり、両乳を押えて眠ろうとするのに、卑しい夢さえ見るようになったことを思い出し、涙に目が冴える。脹らみを持った軀に、魂が抜け去ったような侘しさが、蒲団をいくらかぶっても、頸筋を寒い風の如く過ぎる。すすめられて結婚したのなら、親を恨もうが、わが愛した夫、ヨシ子は起き上り、二階に上ろうとしたが、余りにはしたない姿を見せることが辛くて、倒れるように再び横になったけれど。

――九月だったか、狂ったように愛撫し始めて、蜜月の如く過したが、夫は一体どんな積りであったろう。夏を高原に過して、体力が恢復して呉れたからと思っていたけれど、考えれば心臓の止まるようなものに突当る。――アルマンの来朝にそなえて、この身を守る為に努力して呉れたのではなかろうか。夫がアルマンとの関係を知っていると決めるのは悲しいが、坊主のように、もう愛も恋もなく乾からびたのかと惧れた夫が、わが愛を繋ごうと、弱い身体をぶつけて真剣にかかって呉れたのであろう、と思うより他になく、そう思えば身うちに血行が速まり、矢張り夫がいとおしい。

ふとヨシ子は階段を下りる跫音を聞いた。廊下の絨毯を踏む軟かい音、動悸が耳に高まり、夫が胸の上を歩み寄るようなもどかしさ。障子を距てた廊下に電気がともる。風の如くすっと夫が入って来る。ヨシ子は目を閉じて静かに待った、待った。――杉は並んだ床に眠ったルリコの枕許に坐る。おかっぱの額を搔き上げるようにして掌を当て、暫くしてそっと右手の脈搏を数え、夜具の襟を深く引張り上げて立つ。ヨシ子に近付く。掛蒲団を直し、暫く佇んでいたが、静かな眠を見届けたものの如く、音もたてず障子を閉めて去って行く。ヨシ子は胸が裂けそうであった。ルリコが昼間から鼻をぐずぐずさせていたことなど忘れ、夫婦が結局あわせもいのだと云うことを示されたようで、わが身の幸福を、夫を通じて探して来たようなのが、無性に腹立たしかった。

三

「これではお寒いでしょう」

ヨシ子はカーテンを引上げ、窓を閉めた。午後の陽が部屋に氾濫して、目も眩みそう、杉は止むなく卓を離れて、妻の前の椅子に深くかけ、珍らしく和服の妻が紅茶を注ぐのを眺めた。

杉は十回分位まで年内に持って来たらと、或る大新聞社から云われた原稿を、緑色のカーテンを下げて書いていたので、何度も目をこすった。

「今度の小説が新聞に載せて頂いたら、それこそ、貴方もお友達などに肩身の広い思いが出来ますわ」

「どうせ死んだ積りだから、そんなことはどっちでもいいさ」

杉は立って南の窓を開けた。死んだ積りと云うが、どんな時にも本能的に換気を気にする夫が、ヨシ子は微笑ましかった。

「死んだ積りなんて厭らしいこと、もう云いっこなしよ」

その調子、その調子と、杉は云いたかった。普段の妙に絡んだ表情がなく、声も晴々と響いて、妻がいじらしく感じられるのは、あながち和服であるからとは思えなかった。杉は今日書いた原稿の話でもしようかと思ったが、妻は羽織の紐を弄りながらためらってから、

「妾、今日医者のところへ参りましたの」

「何だ、病気だったのか」

「少し変でしたから」

「――？」

「――そうらしいんですって」

「そうらしいって、お前まで胸を悪くしたって云うのか」

杉は茶碗を置き、声をふるわせた。ヨシ子は頸まで赤くして項垂れていたが、杉の驚いた顔を見上げ、お目出度らしいと、笑いに紛らせて云った。

「え、にんしんだって？」

杉は飛び上りそうに、真蒼になった。驚愕を隠そうとして却って表情が歪む。夫が安堵するだろうと予期していたのに、ヨシ子も、夫の様子にわれ知らず悪寒が背に走った。

「慍っていらっしゃるの？」

杉は立って窓側に歩み寄り、遠く戸山原を見下ろし、晴れ冴えた空を仰いだ。乱れた胸を整えなければ、何も云ってはならない。そんな気がしたのだった。

「貴方も喜んで下さるとばかり思っていましたわ」

ヨシ子は突きのめされたように、頭を両手で支えたが、目が光って涙も出なかった。

「怖ろしいことだ」

怖ろしい。その夫の溜息を聞こうとも、その意味をさぐろうともする余裕が、ヨシ子にはなかった。日頃の冷淡な態度も、健康に留意しているからと思えばこそ、我慢もして来たが、実は愛しなくなったのだ、それともアルマンのことを、口には出さないが、怒っているのだ、ヨシ子はガンガンする頭で、そうとしか推論出来なかった。それでなければ、ルリコを愛し、子煩悩な杉が、顔色まで変えて困却する理由がないように思えた。

杉は半年振りに老博士を訪ねた。医者を忘れるようになったらもう大丈夫だと、父の友人である博士は笑いながら、レントゲンの前に立たせて、レジオン（黒色に写る病所）のなくなった痕などを助手に説明し——これで完全だよ、着物の襟を合わせている杉の肩を叩いた。

「奥サンヲ喜バセテルカナ」

博士は独逸語に屈託のない笑いを伴奏させた。黒い部屋であったから、真赭になった顔を誰にも見られなかったが、禁慾していては相手が可哀想だと、この前にさんざん説諭されて帰ったことを思い出し、問おうとして来たことをなだらかに持ち出し兼ねた。

「結核は本当に遺伝しないでしょうか」

博士の居室に戻ってから、博士は眼鏡を外して弄びながら、その問いの意味を探るように杉の顔をみつめた。

「医学上は遺伝しないことになっているが、又何か神経でも起したかな」

「結核の遺伝し易い体質があると仰言っていましたが、父親の病気の影響が、体質として子に遺るのではないでしょうか」

黴菌そのものは遺伝しなくても、血液の中に混った病毒はどうであろう、闘病のために受けた様々な治療は？　例えば、静脈に注射したサノクリジーヌ（金の注射）は、その影響でまだ若いのに白毛《しらが》を増したのだから、仮令血液は浄化作用を行うにしても、何かの形で子にも遺りはしなかろうか。それにつけても、発病前にルリコの生れたことを、杉は何度秘かに喜んだことか。無心に遊ぶ児を見ても、若しこの児に宿命的な重荷を負わせてあったらと、祝福せられたようにほっとする。発病と同時に急いで安全な託児所に避けさせて育てたことを、当時妻には辛かったろうが、よくこそ親のつとめを果したものと顧みる。それでも、児に少しの熱でもある時は、わが病気の影響かとおののく。結核は全治するものであっても、それ迄の闘病は修道僧よりも厳しい修養を要することを、杉は体験で知っている。万一愛する子がそれをしなければならなかったら、はたで看ていてもこの世の地獄、それであるから、どんなことを忍んでも、これからは子を持ってはならないと、妻の不満を知りながら、合掌し詫びるようにして堪えて来たのだったが——

「君も奥さんもまだ若いんだし、たのしめる時にたのしむとして、子供のことなど考えんでもよかろうが——」

「いいえ、それがどうも——」

「何？　それは目出度い。今度は男にしたいな。お父さんも喜ぶよ」

杉のてれたのを、博士は早速そうとって、安心させ励ますように、そろそろ大学で講義を始めてよかろうと加えたが、杉は問題を離れてはならなかった。

「それで心配しているのです」

「心配だって、何が。君も全快するし、お目出度続きだ。お父さんもこれで安心するよ」

「いいえ、産れるものをどうもならないとしたら、反結核注射をお願い出来ますでしょうか」

こんな場合堕胎が認められたら、然しそれを云えなかった。それならば、せめてフランス滞在中に聞いた注射を、産れると直にして、健康を保証してやらなければ、恐ろし過ぎる。誕生の三日目に注射すれば、終生結核の免疫になると云うパステール研究所の発見は、十万の児童に行って好結果を挙げ、結核予防上の大革命として、ヨーロッパの医学界を驚歎させていた。それが日本でも実行せられているならば、安心出来そうにも思えたが。

「まだ実行していない。その十万の児童が二十歳過ぎてみなければ、実績は解るものではないが」

「出生に当って届出の義務と同時に、強制的に注射しようと云ってます、フランスでは」

「パステールでは補助金などの関係で云うのだろうが、日本では——」

「やって頂けませんか」

それさえ出来ないと聞いて、杉は項垂れてしまったが、その胸を汲んで、博士は、

「人間が先祖代々から、どんな病気を遺伝しているか解ったものではなし、一々そんなことを気にしたら、人生をだいなしにしてしまう。まあ赤坊は仏様の姿で産れて来る清浄なもの。それは神様にお委せして、産れた児をどう健全に育てるかが、親に課せられた義務と思わねばいかん。病気が癒ったのだから、そんな病人らしい考えを捨てて――」

そう思うのが心を休める唯一の方法であろう、然し余りに空々しい気休め。杉は納得出来る言葉を期待して見上げていた目を、横に外らしたが、壁には、何枚も肺臓のレントゲン写真が懸っている。目を閉じれば、黒いレジオンが杉の幸福をも、そんな風に冒しているように感じられ、しんしんと気も沈んだ。

「――よし結核に冒され易い体質を持って産れたにしろ、資産のある者は、もう肺結核などにはならずに済むだけに医学も発達している。その点安心していたらどうかな」

治療上にも富む者は全快し、貧しい者は死亡することを思い合わせれば、単なる慰安の言葉でもなかろう、杉は寂しそうな微笑を答えた。

「そんな暗い考えを持ってどうする、結核につかまってはいけないってこと、もう忘れたかな」

博士は愛情深く肩に掌を置いて見送った。

ヨシ子はわれ知らず歌い出しそうに調子がはずむ。この数年、身体のどこかにうつろなものが掘られ、それが日に依って大きくも小さくも感じられるようだったが、いつ埋ったのか、不平らしい風も衷から吹かなくなったことに気付いた。それに、恥しい程食慾が出て、おなかに活を入れたようだった。

然し、前日の夫の驚きと不機嫌を思うと心が曇る。何故顔色を変えたのであろう、もう愛していないのだろうか、同じ疑問を繰り返す。夫が死んだと思えば諦められるとも云えようが、それなら一層別れてしまったら、考えればいつも推理はそこに到る。別れても母子三人の生活は実家で保証して呉れよう、ヨシ子は然し、感情がそれを承知しなかった。

夫は慍ったような様子で医者の所へと云って出て行った。

——どうともなれ、知らない、知らない。ヨシ子はそんな夫に腹立たしく、怒ろうとするが、肚の底には胤《みごも》った太陽が微笑んでいる。——若し九月頃からだと話したら？　刃のようにその考えが身うちを凍らせる、九月にアルマンが日本に居たからと云って、直にそれと結んで考えるのは、こちらの誤り、そう思い直しても、遠い過去が、こんな時にも尾を引いて来るのが、ヨシ子は悲しかった。髪を撫で上げ、実家の両親に手紙をと、机に向えば、女らしい喜びの方が出て、

——この子が男でありますように。今度こそ手許に置き、母乳で育てようとたのしんで居ります。初めて母になるような喜び方と期待をお笑い下さい。初産を実家で出来たらと

巴里にお書き下さったお母様のお希望を、こんなに遅くなってから充す積りで、帰りましてもおよろしいでしょうか——

書くことはたかぶった心の鎮静剤か、ヨシ子は長く書いた文章が反射し、心も軽々と、夫の驚愕やそれに関する色々の煩悶などもけろりとして、喜びを分けたいようにもどかしく、アルマンにも、こだわらずに、フランス語の手紙を書いてしまった。

外は曇った空が低く垂れていたが、内はストーヴが暖く、ヨシ子は声をあげて節付けしながらピアノを弾いた。

「ピアノをしたりして、躯に障りはしないかね」

博士の処から帰って、杉が立っていた。ヨシ子は向き直って、急に心に武装しようとしたが、その優しい言葉にたじたじとした。

「妾達、別れた方がいいとお思いにならない？」

「——？」全く意外な一撃であったが、言葉に応わしくない親和した調子があった。

「貴方の子を妾に産ませたくないんでしょう？」

「何を馬鹿を云ってるんだ」

「この前だって、ルリコを妾に育てさせなかったし——」

「——」女中が紅茶を運んで来たから、杉は答えられなかったが、くどく説明して聞かせなければ理解されないとは面倒なこと、娘の頃には言葉が不必要な位に心を汲み取って呉れたのに、一体どう話すべきか、杉は茶を飲みながら順序を考えた。

「もう要はない、別れよう、そう仰言るなら、それが一番解り易くていいわ」

妻の言葉に引きかかってはいけない、それに頓着せず、告げべきことをあっさり突いて、妻の心臓を解剖しなければ、そう杉はさとって、

「今日赤坊に反結核注射が出来るか頼んで来たよ、立さんに」

ヨシ子は仰天して夫の顔を見た。矢張り赤坊のことを考えていて呉れたのか、鯱立《しやちこだ》った気持も崩れ、微笑しそうになるのを堪え兼ねた。

「気の早い方」

「お産は九段の木下病院が安心だろうって」

「まあ」夫の気持を色々忖度して悩んだことの愚かしさ、握手でもして御礼を云いたかったが、

「妾に相談もなさらずそんなことまで決めて来るなんて、厭な方」

「日本では反結核注射は出来ないんだってさ」

「いいのよ、いいのよ。赤坊に注射なんて、可哀想よ」

ヨシ子は涙が出そうで急いで云った。こんな風に語る幸福など期待出来なかったのに、もう何も彼もよくなろう、立って羽織を合わせ、本能的に胎児を庇うように深く坐り直した。然し杉は、注射が出来ないことから、産れる子の一生が不安で気が重かった。遺伝に就いて悩み抜いたことも、妻には反応が少しもなかったのか、どこか父に似て楽天的な妻を仕合わせ者に思っ

たが、同時に不安に感じた。

「注射をお頼みに態々《わざわざ》立さんの処に行ったの、今日」

杉は黙ってうなずいた。

「そうでしたの、矢張り」

ヨシ子は夫の心の深さが身に沁みた。怖ろしいと夫が独言したのも、それで芯底読めた。驚いていたのも、不機嫌だったのも。

「そんなこと心配なさらなくったって――」

それなら、夫の病気の影響を持って産れて来るのだろうか、ヨシ子も鳥渡不安に目を閉じたが、よし万一そうであっても、立派に育てられよう、夫さえ完全に看病して丈夫にしたのだもの、肚を据えてかかるのだ、ヨシ子は両掌で両脇腹を抑えていたが、思い出したように立って窓を開けた。

「閉めて置いていいよ、風邪を引くといけない」

「本当に愛の何のって云ってる時ではなかったのね」

自分に聞かせるように云って、杉に微笑を投げかけ、フランス語を訂正して欲しいと、アルマンに書いた手紙を出した。

――スギが小説を書くなんてお笑いになりましょうが、第一作は雑誌社の賞金《プリ》を頂きましたの、お国のゴンクール賞※と思って下さいまし、只今は一流の新聞に書いて居ります。

※フランスの文学賞。

みんな、フランスに居ります間、サロンなどに出入し、芸術家にお会いしたりして、その影響でしょうが、フランスの花がスギに咲くんだと考えるのは己惚れ過ぎでしょうか、唯小説家がお国のように社会的に認められず、その点スギが可哀想ですけれど。そう、忘れるところでした、スギがもう健康になって、普通の生活を始めましたこと、妾が第二の出産を待っていることを、お知らせ申すべきでした。今度は男子《ガルソン》でありますように――

杉は面映い感がしたが、女らしい心に微笑した。勉強するようにとサロンに出掛けるのを常に妨げて争ったことなど、すっかり忘れているのも妻らしい。

「妾、これから家にも革命を起しましょう。もっと倹約したら、齷齪《あくせく》原稿をお売りにならなくても、困らないで済みそうに思うの」女中を減らそう、ルリコの学校の送迎は自分でしよう、台所にも出て働こう……そうした決心を、ヨシ子は夫に語った。

杉は安静室《キユール》に上って長椅子に寝た。安静室は祭壇の如く、そこに登れば家庭のこと、社会のことなど皆忘れて、書こうとする小説の場面がフィルムのように廻転する。雪になって開け放った窓から、粉雪が毛布の上にも踊り込んだ。その小さい結晶を見ていれば、高山療養所の生活が再現する。――そしたら、結核は遺伝しようが、純文芸は滅びようが、もう杉にはどうでもよくなって了う。

〔1932（昭和7）年12月「改造」初出〕

橋の手前

一

何の用だろう、おかしい、そう遠くない処に住む空見が話があるから神田で会いたいと速達、杉野は滅多に市内に出掛けず、洋服に着換えるのも億劫であるが、天気は好し、久し振りに会うのが愉《たの》しくて――

「お金の無心ではありませんか。でなければこちらにお訪ね下さる筈よ。お約束しては駄目ですよ」

直にそう気を廻す妻が情なく、手荒くネクタイをカラにとおして、馬鹿なと笑った。

「貴方って人、それだから駄目。返して来た人はないんですもの。AさんもBさんも……」

妻が挙げるまでもなく、この頃郊外の家に珍らしく訪ねて呉れる人々は、殆んど皆金の話、まとまった額ならば兎に角、五円や十円持ち合わせないなどとしらばっくれることは、大きな家に住むだけに、出来ず、よく妻の予算を狂わせてしまうのであるが、空見が金のことで、病気上りの軀を引張り出すなどとは――

「だって奥さんはお亡《なく》しになるし、学校はお辞めになるし、屹度お困りよ。でもフランスでお立替えした分も、その後のもまだ返ってませんから、お解りでしょうね。――気の弱い方、収入が殆んどないんですもの、他人《ひと》のことどころではありませんわ」

鏡に映った妻の顔にけんを見て、たしなめようとした言葉を、杉野は呑み込んだ。或いは妻の云う通りであろう。学生時代から貧しかった空見が、話があると云えば、決って金のことであったし、職業を失《なく》して数ケ月も経ったのだから——これはまとまった額なので妻に遠慮して、こんな場所に呼び出したのかも知れない……

指定の二時半に、杉野は指定の書店の店頭に立った。陽を一杯受けて、様々な新刊書が、化粧を凝し、人目を惹く装幀を衒っている。眩ゆかったが、所在なく、積み重ねた「景気は日本から」を、埃を払い目次をくって、その楽天的な著者に苦笑した。棄て去った専門のものならば、目次だけでも内容を窺えるのに、そんな安本でも先ず取って見る自分に、自ら微笑ましくなって、文芸に関する書物に手を延ばそうとした。その途端杉野は肩を叩かれた。振り返って顔を突き合わしたのは、然し空見ではなく、意外な花田であった。君は？　二三日前に出て来たんだ。二人は握手したが、普段の如く、肥った花田はにこやかに、瘠せた杉野は真面目に、一二年間の銘々の生活を一気に告げようとするように、短い言葉を交してから、

「……良い処で会った。訪ねようと思っていたが、あす帰るんでね」

「運良く空見から速達を貰って出て来てよかった。——」

「何だ、それなら君に会わせようと、空見のいたずらだったのか。今朝宿へ電話を掛けて来たんだ。きのう会った許りで変だと思ったが——」

花田は鳥渡不愉快そうにしたが、杉野は昔の空見らしいことを笑い、それなら空見は来なか

ろうからと、蟠りなく小川町の方に歩き出した。花田の黒い鞄と厚い外套が、晴れた春の街に重そうで、杉野も安心して遅い歩調をとれた。数年間の胸の病気が、二年振りに会った友も健康に就いて尋ねない程癒っても、南風の吹く日には、軀中が埃っぽく熱く、キラキラする鋪道に疲れそうで、直に休んで話す場所を探そうとする。

——失敬した、失敬した。空見が息をはずませて追付いた。病人を引張り出してすまなかったと杉野に握手し、花田には肩を叩いて、杉野を連れ去ろうとしたことを軽く非難した。花田は却って怪訝な顔をし、電話と速達に各々他の友人を招いたことを加えなかった手落ちを、優しく責め返した。杉野は数年振りにこうして三人連れ立ったのに、発端から二人の応酬に刺々しいものを見て、何かあったことを感付き、努めて陽気に話して、その間をとりなしながら、二人を観察した。そして、花田のよそよそしいまでに立派な貌に、完全な教授を見出したが、空見の貌にはただならぬ変化を感じ取った。そのきびしい空見の感じが何か、杉野は考え続けた。三人は十年も前に帝大を出て、同じ学問を励み、偶然に巴里に落合った仲間ではあるが、帰ってから、花田は東北大学で教授をし、空見は私立大学を辞めさせられ、杉野は病気で小説を書くなどと変ってしまい、並んで歩けば、現在の生活や境遇を誰にも一目で読み分けさせるものがある。然しそうした感じからか、外套もなく、皺のよれよれなズボンなどから感じられるのか、話したいと云うそのことが貌ににじみ出ているのか、杉野は病的なわが神経かとも怪しみながら、熟々空見を眺めた。

「君ひげを落したんだな、どうして——」
「邪魔になったんだ、教師を止めたらさ」
でも髭だけではない、ぞんざいな口のきき方にも、いつもの空見でないのを、杉野は気付いた。
「話があるんだ、レストランに寄らないか」

レストランの広い二階はお茶の客がなく、卓布が白々として、隅に席をとった三人の心も妙に白けた。三人とも酒も煙草ものまないけれど、以前には会えば必ず会話か議論で座を賑かにし、時間を忘れたのであるが、その日は空見がぽつりぽつり話すだけ、花田は顎を掌で支えて外を向き、杉野はマッチの軸を千切って灰皿を埋め、お互いに食い違った座をどうにも出来ず、空見の話を寒々と受け流すより他なかった。煙草でも喫めたら、その空気も誤魔化せるであろうに、そう思いながら、杉野は議論好きな花田を顧みたが、花田は花田で柔和な顔を硬く歪めたっきり、空見の視線さえ避けている。

——そんな訳で君達だけには解って貰いたかったんだ。これも一種のセンチメンタリズムで克服しなくてはならないんだろうが。空見が長い話の後にピリオドを打ったので、杉野はほっとしたが、答える言葉が見付からなかった。

空見が外国から帰って二三年の間に、デュルケイムの実証社会学から次第にマルクシズムに移って行った経路は、時々の論文で杉野も知っていた。愛妻の死後、その著書が発禁になり、そのために学校を辞めたが、愈々《いよいよ》決心して左翼の陣営に飛び込むことにし、住居をも最近労働者街に移したことは、目と鼻の近くにあって知らなかった。なぜそうしなければならなかったか、空見はその説明を小一時間もしたが、杉野も花田も説明なしに良く理解し得ることを乾からびたパンを噛むようにくどくど説かれて、却って心を萎まされた。

「それもよかろう、元気でやり給え」

何事にも議論の多い花田も、言葉を挿む余地がなく、冷かにそう答えたが、杉野も亦それ以上咄嗟に云うことがなかった。学理上マルクシズムが×××、それは疑問はないとしても、それだからとて直に橋を渡って実践に行けるかは、銘々の過去や性格や役割で異うであろうに、空見の説明には、そう出来ない二人に向けた非難がかくされているように、少くとも二人の胸には響いた。

花田はそれについて思い出す。この二三ケ月続けて、或る雑誌に発表した論文を同じ雑誌に空見は批評し、その度に我がマルクシスト花田教授と、殊更らに何回も繰返して、一般に自由主義者と思われている花田に、マルクシストのレッテルを貼らないではいられないような執拗を示したことを。マルクシストの立場から誤謬を指摘されるのはいいとして、近頃の如くファッショの盛になった時、旧友から同志と公然呼ばれることは、教授である花田には辛かった。前日も忙しい時に押し掛けて来て、あれ程学問の党派性に就いて論じ合い、こちらの立場も解った筈なのに、今日重ねて杉野まで引出してそんな宣言をするとは、余りにあてつけがましく、うるさすぎる。もうそれに関して話すことは残っていないではないか、花田は東京に出て来て数えられている時間を、空見に邪魔された如く感じ、腹立たしくもなり、椅子にのせてあった帽子を取った——お互いの道だ。

杉野は然し空見の決心に×××、その顔をまともに仰いだ。××××××衝動を感じながら、杉野は口をきかない長い闘病の習慣から言葉が重く、云おうとする心を目に湛えたが、空見も初めて微笑を答えた。

「妻が死んで却ってよかったとやっと思えて来たよ」

小作人の息子であった空見が、恋愛から結婚したのではあったが、夫人の贅沢や鳥渡した気儘にも顔を顰め、溜息をついていたことを知っていたから、杉野はこの友が身軽になって、自ら云うように結局落付くところに行きついたのだと、或る安堵をその微笑に感じた。それにしても、躊《ため》らうことなくそこに行ける鉄の健康が羨しく、同時にどんなに非難され、自ら反省しても、のらくら社会のお荷物として生きねばならないわが身が、堪らなかった。

「君など健康だから仕合わせだ」

然し、その杉野の吐息にも、花田の言葉にも、空見はたのしめなかった。真剣に己の決心を打明けた長い言葉が、親友達の胸を外れ去ったように思われる。そしていつになく白け切ったその場の空気も、こちらに同感出来ない友人達の心の反映であろう、こうした場合にもその属する階級に独特な無関心を、装われたような感がする。——矢張り馬鹿だった。こんな会見を持つなんて、空見はまだ棄て切れないわが根性を同時に蔑んだ。これでおしまいだ、これで。そうした気持は、通りに出ると直に友人達と反対の方向に行かせてしまった。

——失敬するよ。相手の返事も待たずに、さっさと人混みに行く空見を、杉野は呆れて振り向いたが、黒いソフトをあみだにかぶった黒服の後姿が、がっちりとしたのもしいのに、妙に胸に滓を残し、花田と並んで歩いても、何も言い出せなかった。街は晴れた陽に窓を全部開け放ち、明るい調子で若い人々が歩くのを、杉野はふと外国の街にあるような錯覚を感じた。杉野の頭の芯では、空見のした話の筋が順々に解《ほ》ごれていた。

「君は東京に居るんだから、これからよく要心しなくてはいけないな。空見は平気でデリカシーを欠くから——」

杉野は鳥渡立止まり、その真意を探るように花田の顔を見上げた。

「お互いに立場のあることも、空見は無視するからな、どんな巻添えを食わせるか解らないよ——」

そして花田は、共産党が存在し、それに関係する者に友人があれば、全く自由主義者でも、客観的には同情者《シンパ》となる場合が起ることを、実例を挙げて語り続ける——もういい、もういい、杉野は相手の心遣りを計る余裕がなく、阻むような、憤りに似た感情が反撥した。その激情に、花田と空見の影絵が交錯して、杉野は電車の中でも、家に帰りついても、そればかりに気をとられてしまった。

「矢張りお金のことでしたでしょう」

杉野の沈黙をそう解釈して、妻が後から着物を掛けながら云ったのに、思わず激しい目を振り向けた。

「そんな難しい顔をなさって、貴方、疲れすぎたんではない？」

杉野は含嗽をし、検温を済ませて、サロンの椅子に寛ぎ、茶を飲んだが、妻は空見の話というのを確かめないではいられなかった。

「ね、何のお話でしたの、お金のこと？」

「馬鹿、空見は左翼運動をするんだってさ、それでお別れの積りで会ったんだ」

「まあ矢張りそうでしたのね、――そんなことになっては、お立替したの、返して頂けないわね」

「金、金って云うなよオ、浅間しい」

杉野の荒々しい言葉や、プリプリする理由がはっきり呑み込めないだけに、妻は何かしら本能的に怖れていたことに、愈々近付くような不安に顫えた。――夫が空見に倣えない自己に苛立っているのではなかろうか。

二

妻の芳枝は杉野を監視しなければならないと思った。

病気が癒ってから、夫は産れ変った如く口数が少くなって、妻にも話すことのないように沈黙している。それも、長い闘病を傍らで護って来た芳枝には、闘病の継続に見え、ついぞ不審を抱かなかったが、夫が殆んど普通人の生活を始めたこの一年ばかりを顧みると、然し慄然とするものがある。言葉を喪《なく》しただけか、夫は喜びと云う喜びを喪《なく》したのであろう。削るように身を切詰め、不平を云わず、食う物、着る物、観る物、一つとしてたのしますものがなく、端の目にも余りに曲がなさすぎると思われるのに、——どんな裏店《うらだな》でも喜んで暮せるようになりたいからさと、或る日真顔で冗談らしく云ったことがあるが、知らぬ間に空見と同じ思想を持っているのではなかろうか、その疑いに、芳枝は胸が詰った。夫の昔の同僚には、危険思想家だと云われる者が多い。夫の看病に疲れるとよく、思想犯として投獄されている夫の同僚を思い浮べ、結核はまだしも癒ることがあり得るからと自ら慰めて来たのに——

「貴方、空見さんの真似だけはなさらないでね」

「馬鹿な、したくったってこんな健康では出来るか」

夫はいつもの通り二階の書斎に落付いた足取りで上って行く。それでも芳枝は安心出来なかった。夫の書斎の生活は全く関係のないもののように今迄触れても見なかった、夫が曲りなりにも小説家らしくなってから、訪ねて来る者は皆書斎に上り、誰が来たのかそれさえ、二階に運ぶ飲み物の種類や、玄関にかかった外套などで、その人となりを判断する始末に、ましてどんなことが語られたか、夫が無口であるだけに、知る由もなかった。時々夫が会談中に下りて来れば、必ず寄附金の話――消費組合の基金、無産者病院の基金、託児所の基金、芳枝はいくつも思い出す、そして小説の種を売り付けに来た男、質草もないからと泣付いた文学青年……渋い顔を答えれば、夫は僕の酒代だと思って呉れと云った。煙草代だとも、時には僕の小使の前借りだとも、春衣を作って呉れるそうだがそれもいらないからとさえ。

書斎は仕事部屋、事務所と心得ればこそ、児等をも上げない程の注意をして来たが、迂濶にも夫の生活に殊更ら盲になって来たのだった。そう気付くと、沈黙勝ちな夫が何か隠し立てをしているようにも考えられる――

「檀那様の所へお客様があったら、妾に先きに通じてお呉れ」

こんな風にして夫を見守らねばならないとは、芳枝は我れながら情なかった。

夕食が済めば直に夫は書斎に上ろうとする。芳枝は周章ててサロンへピアノに誘った。病気前には音楽が好きで、自らシューベルトのソナタをあげた晩など喜んで何度も聞かせて呉れたのだから、暇さえあれば二階に逃れようとする夫を抑えるのに、音楽より他にないような気がして、

「ピアノをお聞きになっても、もう熱が上るようなことないでしょう。妾、お留守の時を見て練習してますが、そんな空巣狙いのような真似をする必要もなくなったでしょう?」

杉野は渋々サロンに続いた。芳枝は夫の好きだったショパンを二三奏いた。然し夫は、ソファに掛けて腕組をしたっ切り、以前のように批評もしない。

「貴方、何を考えてらっしゃるの？」

「ショパンを聞いていたよ」

「どう、お奏きにならない？」

「――」

芳枝はとりつく島のない思いで立上り、知ろうとしたことを真直に聞こうと考え、夫の友人が同情者《シンパ》として挙げられたと云うその日の夕刊の記事を持ち出した。

「杉田さんが党の資金部長だったなんて、そんな大それたことをしていたんでしょうか」

「解るものか、新聞の書くことなど」

「貴方そんなら御存じ？」

「何を？――知らんよ」

杉野は硝子戸を押し開けて、テラスに出てしまった。芳枝はサロンの卓に溜息と一緒に重い頭を支え、夫を見失ったように顫えた。満洲事変以来、赤い者なら陽に焼けた者でも許せないような××は、新聞を読むだけでも解るのに、疑えば数年かかってやっと健康を取戻した夫が、見えない力に引きずられて、危険に近づいてはいなかろうか、特に一徹な性格を知るだけに、芳枝は黒い掌を心臓に当てられた如くうろたえた。が、振い起きてテラスに出た。庭に張られた芝生が月に濡れ、楓の葉も光に重たくかしいでいるのに、杉野は黒く彫像のように立っている。芳枝は静かに近寄り、肩に手を置いてそっと云った。

「何を考えてるの?」

夫の真面目な鋭い相は、芳枝を周章てさせた。

「貴方は妾に隠してらっしゃるんでしょう、何でも話して下さい、貴方が結核だと聞いた時でも驚かなかったんですもの、さあ――」

「――」

「貴方がよし杉田さんや空見さんと関係してらしったのでも、聞かせて下さい、それならそれで妾も覚悟しなくては――」

「何だ、僕は小説のことを考えてるんだよ」

夫の微笑が芳枝の胸に絡み付いた。それまで、夫も欲しなかったし、夫の書くものは読まないことにしていたが、そこにも手ぬかりがあった。

「妾は又貴方が杉田さんなどと同じことになってるかと心配していましたわ」

「小説を書くのでなかったら、病気でなかったら、そんなことになったかも知れんが」

「まあ、――」

「空見などのしていることが×××、然しそれはそれとして、僕は小説より他にすることがないんだから――」

杉野は急いで加え、ゆっくりサロンに帰り、続けて話したが、熱心に話す夫が珍らしく、言葉を洩すまいとして、却って理解出来ないことが多かった。然し夫には小説より他に生き甲斐のある仕事がなく、寝ても起きても小説について悩んでいることが漸く解ったような気がした。それにつけ、夫の小説を書くことに田舎の両親と共に反対したことを思い出す。大学に復職出来るまで呑気に遊んでいたらとすすめたのに、業だからと云って小説を書く、そのために又大学に復職出来なくて、夫に愚痴を並べたものだった。その小説が夫を危険思想から救ったのだろうか、芳枝はそれを思うと、重ねて神に護られている身を安堵したかったが、それ程まで夫を捕えた小説が一体何か、それを読ませなかった夫の仕打ちが不安でもあり、うらめしくもあった。

「それならもうお金を貸したり、寄附なさったりしては駄目ですよ」

夫が書斎に去りかけたので、芳枝は改めて念を押した。

「金、金って云うもんではない、君が卑しくなる」

「だってどんなはずみで引っ掛るか解りませんもの」

芳枝は矢張り気が休まらなかった。五月の月夜が窓に嵌り、ピアノでも叩いたらとすすめて呉れたのに、それどころではなかった。

来る日も来る日も新聞に共産党の記事のみが芳枝の目に付く。学校に、百貨店に、諸官庁に、工場に、飛行場にさえ、赤い手が伸びていたと云う——××××××××その浸透力に驚く前に、芳枝はどんな芽をも刈り取らずには置かないような××××××××。空見が同情者として挙げられた記事を発見した時は、わが座敷を土足で踏む者が遂に来たように、気も顛倒しそうだった。それだのに夫は無表情にそれを読んでいる。

「貴方、空見さん、到頭やられましたわね」

「それ位初めから覚悟していたろう」

——貴方は大丈夫ですか、危くそう訊こうとしたが、余りに怖ろしくて云い出せなかった。

「差入れや何か御心配して上げなくってもいいのかしら」

「そんなことしたって始まるまい」

絶交でもしたらしいその冷然たる態度に、せめても安心したかったが、郊外の岡の家近くで警官などに会っても、夫の番が来たかのように、顔色が変る。そんな折に、思い掛けなく、夏休暇で出て来た花田の訪問を受けて、芳枝は夫よりも喜び、素早く機会を摑んで、

「花田さんは空見さんの近況御存じ？　もうお出なすったんでしょうか」

「いいえ存じませんな、君は知っているだろうと思ったが」

「宅が？」

「僕も知らん、知ってる位ならこんなに安閑としていられないかも知れんよ」

「それもそうだな。でもそれがお互いの為ですな、奥さん」

「妾は又取越苦労ばかりして、宅の病気の時よりも心配で心配で——」

「そんなこと、杉野君なんて大丈夫ですよ。ね君。……空見も思慮が足りないよ。社会の大勢の前に個人が粉砕されることは当然だものな、僕は日本がファッショになっても順応して行く覚悟だ。実際は一種の国家社会主義的になるに過ぎないだろうからな」

「まるでファシストになったようだね」

「ファシストではないさ。唯いくら日本がファッショ化しても、いつか内部的に矛盾が来るだろうし、そしたら××××××××たのしみだからな。それを空見など――」

「空見など××××××やるだけのことはあると思うね、僕は。あんなに××××××××××××いるんだと――」

「それが君の人道主義でいけないところだよ。奥さんを心配させるだけで――ね奥さん」

「ええ全く――」

芳枝は胸撫でおろした。空見の検挙後二ケ月も過ぎている。夫は親友まで欺きはしまい。それに花田の云うことは権威がある。気にかかる夫の言葉も単なる感慨に過ぎないであろう。

杉野は然しめいった。荘重な口調で妻と話している教授が旧友の花田ではないような気がした。東大に博士論文を出して、教授を歴訪していると云う、色々見た映画の批評をする、煙草をゆるやかにふかして芳枝にもすすめる……全く変ってしまったのに、妻は面白そうに調子を合わせ、感嘆して、杉野をもその話に捲込もうと努力する。杉野はそんな二人を無関心に眺めようとして、花田の言葉を蝿の如く頭から払おうと苦心していた。

「僕は小説も筋が面白くなければ読む気がしなくなったよ。君も映画位たのしませる小説を書くんだな」

三

芳枝の両親が観菊の御宴にお召に預り、田舎から出て来た。愈々当日は願っていたような天気に、母親は二時間も前に着付が終り、父親もフロックをつけたが、車の迎えに来る迄に一時間以上もある。何回も差図の道路図を拡げる。心配気に道順を訊ねる。シルクハットの塵を払う。ところが帽子の絹の膚なみが何度拭っても揃わない。母が試みても、芳枝が試みても、黒い光沢の波が残る。

「杉野君一つやってみて呉れないか」

両親のはしゃぎ方をサンルームでいつくしみながら眺めていた杉野が微笑しながら試みる。刷毛をいくつ代えても無駄である。父が再び丁寧に力を入れて拭っても成功しない。

「お父さま、陽に当ればわかりませんでしょう」

父は帽子を日向に持ち出し、右に廻し左に傾け上にし下にして眺め、やっと安心したように、帽子入れの上にそっと置き、サンルームの椅子にかけ、葉巻の箱を開けさせた。

「お父さま、葉巻など召上っていいの？」

「今日はいいさ、なア」父は円い顔に笑を湛えて母を振り返り見た。母も驚いた表情を笑顔に答えて非難しなかった。

「杉野君は正七位だったかな、従六位だったかな」

「忘れました。ずっと前のことで——」

「勿体ない、金では買えないのに——」

関西の実業家らしい言葉に、何と答えべきか、

「大学にいたら、今は正六位だろうな」

玄関にベルが鳴って、両親は車だろうと立上ったが、女中が芳枝に名刺を渡す。芳枝はせき込み、声を弾ませた。空見の名刺だった。

「どんな方？」

「大変お綺麗なお嬢様で御座います」

芳枝は名刺を杉野に渡した。杉野は二階の書斎に通させた。

「貴方いいの？」

「原稿でも見ろと云うことだろう」

「松井菊子氏を紹介します。お話を伺いたいと申しますから御引見下さい」と書き加えている。

空見がもう出て来ていたのか、杉野も芳枝も驚き安心したが、芳枝は空見が出れば出たで新しい苦労がある。夫が書斎に上って行ったが、陽気な秋晴れのサンルームに、驟雨のような陰影が残った。

「そんなに愛読者が来るのかな」

「ええ」

「小説なんか止めて大学に復職する気はもうないかな」

「一度小説を発表したら、世間は小説家としてしか扱って呉れませんもの」

「そこが面倒だな、ミヨコの結婚談があったが、先方では姉が小説家に行ってってはなんて云うんで――」

「小説家の方が主義者よりお父様にはまだいいでしょう」

「――?」

「だって、大学に残っているお友達は大抵主義者で追出されましたわ」

「そうかな。小説の方では収入はどうかな」

「妾どうせ未亡人だと思ってますもの、あんな病気が兎に角癒り、少しでも稼いで呉れるなら、勿体ないことでしょう」

「うん――」

芳枝はこんな日の両親に胸の底を覗かせたくなく、急いで父の脱ぎ捨てた和服をたたみに掛った。

「貴方、葉巻の灰が洋服に落ちますよ」

暫くして母の言葉を頭上に聞き、顔を上げると、父は細々と白い煙をたて、空をぼんやり眺めている。

「車なかなかね。今一度電話しましょうか」

芳枝は二階のことも気懸りであり、夫が期待を叛いたことを、両親の晴れの日に思い出させそうなのを悔い、一刻も早く光栄の御宴に送り出したかった。


「空見君は出ましたか、どうして居ります」

「保釈になりました。でも妾直接に存じ上げませんの、お友達が空見さんを知って居りまして――」

それは杉野を落胆させた。先生の作品を愛読して居ります、伊太利のファシズムを主題にお書きのものに最も感心いたしましたが、もっと伺わせて欲しいのですけれど、――そう云う娘が何を聞こうとするのかも見当がつかなかった。対の大島を着て、白粉気もなく、整った顔に澄んだ目を輝かし、歯切れの良い言葉できぱき物を云う。書斎によく訪ねて来る作家志望者や愛読者にはないつつましやかな理智的な美しさに、杉野は好感を持って、滞伊中の見聞を話した。

「それなら日本の近頃のファッショ化をどうお考えですか」

伊太利の話の終るを待ち兼ねたような問い方に、軽く大変ですなと笑い、相手の真意を探ろうとして杉野は態ととぼけた。

「日本のファッショ化ってそんなに非道いんですか」

娘はまくし立てる如く話し出した。満洲事変以来国を挙げて暴風のように×××すること、共産党に弾圧××××××、留置場×××××××××××、党の資金網の破壊されたことと銀行のギャング事件以後党に対する大衆の疑惑——この娘は一体何を云い出すか、杉野は一々点頭きながら話を追ってはいたが、相手の口に掌を当ててやらねばならないようなことが出て来る。

「解りました、解りました」相手を止めたが、杉野は暫く黙って対峙した。娘は決心したように、唇をふるわせて、微笑し、

「妾が何の用事で上りましたかお解りでしょう」

「それでもまあ云って見て下さい」

「××××××参りました」

無造作に相手は放ったが、杉野はたじろいだ。同時に空見の軽率が残念だった。何故こんな娘を差向けるのか、自ら来たら安心で簡単ではないか。

「空見がそんなことを云って寄こしましたか」

「この手蹟は確かに空見さんのでしょう」

卓に載っていた名刺の文字を指した。

「帰って、空見に大馬鹿野郎と云って下さい。貴女を寄こすなんて、私が今行ったら直に死んでしまうこと位知ってる筈なのに」

「知っているのオ、貴方と妾と二人ですもの、どんな場合でも妾から洩れる筈はなし、貴方に御迷惑を掛けることなど決してありません」

「誰にもそんなこと保証出来ないでしょう。第一、私はお話のような××××××、肉体的な苦痛に克つ自信などありませんよ――」

「××××ものと頭から決めてかかってらっしゃるが、妾さえ黙っていれば――」

「一時逃れを云ってはいけない。××××××覚悟がなくて、××××するなんて愚者が、今時ありますか」

「でも××が××××しています」

「それが私のせいだって仰言りたいようですね」

杉野は無理に笑ったが、声がかすれて急いで止めた。然し知らずに空見の名刺を千切っていたことに気付いた。

「今迄お出しになって居りません?」

「そんな問をするものではありませんよ」

「悪う御座いました、本当に馬鹿なこと伺ったりして」

娘は寂しく唇を歪めて微かに云った。安楽椅子にチョクネンと掛け、羽織の紐を指でいじっていたが、それからは、しっかり羽織の乳《ち》をかき寄せて握りしめ、顔を伏せて何も云わなくなった。杉野も黙った。透明な液体が部屋に詰るように息苦しく、省線電車の軋りも腹にしみて、どちらか何か云い出さなければやり切れない。杉野は次第に自嘲したくなって、静かに云ってみた。――死病を数年闘い癒してからは、ただ大空を仰いで無為に生きているのでも仕合わせである。ましてわが書く小説を待って呉れる読者もある。××××××××、×××××××××、×××××危険を冒すことは出来ない。生きて社会を長く見届けよう、その小説も或いは貴方には無益な仕事と考えられようが、それでもこんな時代の一記録となるかも知れない。只反動にならぬこと、貴方がたを妨げぬこと、それのみがこの暴風を正しく生き抜けるために、病弱な己の採るべき態度のように思われる――

「××やパンフレットが来て居りますか、お届けしましょうか」

「読まなくてもいいのです。――臆病者だと笑って下さい」

項垂れて聞いていたが、そっとハンカチを目に当ててから、娘は急に杉野の話を遮り、きっぱり云った。然し杉野の返事に再び萎れて、涙をこらえ切れないような様子だった。泣くことがあるだろうか、もっと朗かに、己の的の誤ったことを笑って帰って呉れないであろうか、杉野は同じ姿勢を崩さない娘の弱々しい肩の線を沁々見た。ドアを開けて戸口を示してやりさえすればいいのだが、美しい娘が××××投出していることに、敬虔な気もして躇っている間に、好奇心がむらむら昂ぶり、続いて何を云い出すか、どんな表情の陰影をも見逃すまいと、鋭く観察し始めた自分を、自らどうにも出来なかった。

ノックする者がある。娘は急いで涙を拭い、歪んだ笑を顔一杯にして、朗かな声を挙げ「色々外国のお話愉快でしたわ」と云った。戸が開いた。芳枝だった。下に客が待つと云う。

「あら妾長居致しまして、御免なさいね、先生」

杉野は娘のひたむきな努力を全部逃がさなかったが、それだけ自然に答が出なかった。芳枝が去ると、娘は真顔に返って、名刺を頂きますと云い、卓の上に裂かれた紙片を集め、鋭い目を向けて囁いた。

「貴方は何も彼も解ってらっしゃる。——でも時代が悪いのですわね、妾の参りましたこと、勿論二人切りのことにして、忘れてしまって下さるでしょう？」

杉野は点頭いて立上り、玄関に送って出た。

「空見君にさっきの言付けを忘れないようにして下さい」

少女のようにお辞儀をし、スリッパを揃えて可憐に外へ消えて行った。杉野は野原を跣足で駈けでもしたかった。


「あの嬢さん何の御用でしたの」

芳枝は書斎に走り上り、夫の答がないので、矢続けに訊いた。

「あんな鋭い目をしてるんですもの、愛読者ではないわね」

「伊太利の話を聞きに来たんだ」

「伊太利の話に泣くようなことがあるの？　誤魔化しても駄目」

「小説家になってはいけない」

「妾がノックしてから周章てて笑ったりして、女には女の涙は隠せないものよ、どうして泣いてらっしったの、ねェ」

「何故だか僕にも解らない」

「だから相手を泣かすようなお話、妾にも聞かせたらどう、何故泣いたか教えて上げますわ。それに、貴方だって、随分てれてたわね」

「あんな娘に嫉妬する奴があるか」

「まあ、厭な方。そんなに己惚れが強いから、空見さんにまで甘く見られて、女闘士を寄こされるんです」

「馬鹿なことを云うな」

「その周章て方でも解りますわ、ねエそれではあんまり父や母が可哀想ですよ、期待を裏切った上に、そんなことなさるなんて。妾が中に立って生きてられますか、——さあ、お隠しになるならそれでもようござんす、今晩父に話しますから——」

「心配することではないよ」

「お金でしたでしょう。頼りにならない方ね。貴方って人。財布をお渡しなさい」

芳枝は財布を机の抽出から取出し、中味を検査して、帯の間に挿んだ。杉野は目を閉じたが、海に沈むような侘しさの底に、得体の知れない怒りのこみ上げるのを感じた。それも妻に対してではなかったが、両親の帰って来てからは、爆発しそうになるのをやっと堪えた。

父も母もその日の華かな模様を競って語り、御紋章入りの菓子を仏前に供えてから、国へ土産の分を丁寧に仕舞い、他を細かく割って家の者に一つずつ頂かせた。女中達をも呼んで、光栄に浴させようとする。

——有難いことだった。今晩はお祝に銀茶寮を皆におごるかな。

芳枝はそんな両親を見ると目頭が熱くなった。——夫が余りに思い遣りがなさ過ぎる、夫から次第に離れて行くような我身が感じられた。それればかりか、両親の身になって、夫を怨む感情が疼き始めた。その感情は、その後第五次共産党検挙を報ずる新聞に、「目の鋭い娘」の写真を見出してから、夫を憎むようにさえ変って行った。

「そんなこと云っても、あの娘は松井菊子と云ったよ」

「今になってまだそんなこと仰言る。偽名することくらいお解りにならない貴方でもないでしょう、卑怯です。何でも隠しさえすればいいと思うなんて。それでも妾が妻でしょうか、瞞しに瞞して——」

芳枝は結婚後初めて夫の前に泣き伏した。

「僕が裏切ったことをしたかい、唯無駄に心配をかけたくなかった許りだよ」

「それで妾が安心していれましたか、妾はもう精も根も尽きてしまいました、数年看病して挙句に、又危い橋を渡りそうになる貴方を摑まえていなくてはならないなんて——」

外国から帰ってから、一度も映画も見ず、音楽も聞かず、里にも帰らず、銀座にさえ出なかった厳しい生活が、涙の中に浮ぶ。わが児が父を亡したらと、それが不憫で、どんなことも闘って来たのに、健康になったら夫の心は外に外に離れて行く、そんなことがあったらむざむざ死んでしまうではなかろうか。

「空見さんがいけないんです。あの人とは絶交して下さい」

その空見の来訪を或る午後女中が取次いだ。愈々来たな。芳枝は腰も脱けそうに驚いたが、夫の留守であることを告げさせた。

「奥さまにお目に掛りたいって――」

女中は引返して云う、この妾に？　芳枝は鉄骨を頭から通された如く跳ね起き、鏡台の前に鳥渡立って、顫える足で玄関に出て行った。空見の顔を見た瞬間、叫びそうになった、それ程空見の様子が変って見えた。

「奥さん、杉野君いませんか、どこへ行きました」

芳枝は挨拶する余裕もなく、強い視線を外すようにたたきに下り、硝子戸を引き開け、頭を下げて早口に云った。

「どうぞお帰り遊ばして。宅も居りますが、妾がお辞《ことわ》り申しましたの。宅をこのままにして置いて下さい、病人ですから――」

「又喀血でもしたんですか」

「宅は死んだ者と思って下さい」

芳枝はそのまま夫の書斎に逃れるように駈け上った。夫は青いカーテンを垂れ、卓に向って執筆に余念がない。芳枝は後の安楽椅子に掛けたが、むしょうに涙が零れた。

「どうしたの」

「空見さんが――」

「泣くことはないではないか」

こんなにして友達を追い払わねばならないなんて、胸が裂けそうだった。夫は下に降りようとする。

「いいえ、もう帰りました、――え、そう、妾が帰って頂きました」

「馬鹿」

突拍子もない夫の声に、芳枝も起き上り、夫に向ったが、憤りが胸にこみ上げた。

「岡を下りてましょう、御用なら窓からお呼びになったらいいでしょう」

杉野は窓に寄った。風の中を、鳥打帽の空見が急いで下りて行くのが見えた。

「貴方、貴方はここで小説を書いてらっしゃればいいのでしょう、何故空見さんなんかに会ったりなさるの。貴方には小説しかないって云ってらしったでしょう。ねエお願いです」

「そうさ、何も勉強ではないか、馬鹿な――」

きつく睨み返して云った夫の意味が解らなかったが、肚の底を抉られたように相手の顔をぽんやり見詰めていた。何でも誤魔化してしまう。小説の勉強だなんて、芳枝は泣笑いしそうだった。

〔1933（昭和8）年4月「改造」初出〕

風迹

一

「民三さんはいますか」

彼は玄関の次の書生部屋に寝ていて、そう、優しい声を聞いたようだったが、そんなに朝早く訪ねて来る者はない筈であり、夜中からの暴風の物音と思いなおして、本能的に布団の襟をかきあげてそのまま寝続けようとした。

前夜は、勤務している経済研究所の見習所員から本社員に採用せられて、辞令をもらい、研究所でも同僚とお祝いのビールが出たりして遅くなり、帰ってみると、電話で知らせてあった兄夫婦も珍しく起きていて、又お祝いだと鮨などを用意してあったので、つい一時頃まで話しこんでしまい、風が強くなってから床に就いたのだった。兄の杉野は長く胸の病気と闘いながら小説を書いているが、不断の生活は時間表の如く規則正しく、十時には二階の開け放った寝室に上って、翌朝八時半まで殆ど降りた例しがない、それを、民三が門から階段を駈け上る音に、寝ている筈の兄が降りて来て、洋室の客間に、フランスから持って帰った古葡萄酒を運ばせたりした。そうした心尽しは掌に載せる程よく彼には解った。

彼は一高から帝大に学んでいる間、同時代の青年達とともに、思想問題に興味を持ち、社会科学の研究から実践運動に押し流されて、或る思想団体に属する中央事務局に関係していたことがある。兄はそのことを感付いていたのであろう、卒業して就職に窮していた時、今の研究所に世話をすると同時に、下宿から郊外の屋敷に無理に移らせてしまった。

しかし、丘陵の中腹に陽を浴びた洋館に住むことは、彼には、磨いた鏡の上に坐るような透し見られる不安が伴なって窮屈過ぎた。けだし、一方、兄とはこの二三年間強気によく議論をして、その生活や思想の微温さを批判したが、大学を卒業する前頃から、些細な事務をさも偉大なことの如く考えて担当していたことに気付いて、自発的に脱落したけれど、その心境の変化を兄に知られることは、峻烈に批判したてまえ気辱しかった。それでも、満洲事変後の激しい社会状勢の変化に、有名な共産党員まで民族性に醒めて、転向宣言を公表するような時勢に、頭を垂れたのではなく、マルキシズムを信奉していると思いたかった。又他方、義姉には、万一当局の取調を受けることにでもなって、兄の家から拘引せられるような破目に陥ちたらば、無益な苦労をかけ、家庭に風波をたてそうなひけ目を感じた。姉は大阪の富豪の娘であり、民三がかつて大学一年の時、冬の休暇の終りに故郷の友人である左翼作家を伴って一泊させてもらい、そのために、後に所轄署の刑事が来て簡単に調べられたことがあるが、その時でさえ、実家への面目や世間態などを楯に、一時大阪に帰ったことがある。従って、彼が一緒に暮すようになると、姉は同じ不安に顫えているようだった。この姉の憂慮から隠れるように、彼も誇を虚くして、兄の屋敷で、書生部屋を選んだのだった。

尤も、姉の心配は民三の場合ばかりではなく、兄に付いても同様だった。兄夫婦が長い欧洲の旅行から帰った頃（その時彼は一高の二年だったが）日本の旧友は大半マルキシズムに靡《なび》いていて、兄を戸迷いさせたが、姉は、病弱な兄が識らぬ間にシンパ関係に引込まれることのないようにと、神経を研いで監視するしまつに、常に兄を苛立て、念入りにその翼を捥《も》ぎとるような処置を取った。（読者のうちには、作者の「橋の手前」と言う作品を読まれて、この民三の兄杉野に対する妻の芳枝の焦慮を、既に知っている方もあるであろうが）

しかし兎に角、脱落して一年近くたち、それから兄の家に移って半年も過ぎ、研究所の仕事に精勤して、意外に早く本所員の辞令を受けると、月給の倍加した悦びよりも、恐れていたことが起きずに済みそうだと、秘かな安堵に、兄夫婦と客間で、後暗いこともなくおおどかな気持で、古い葡萄酒《シャンパン》の栓を高く抜きあげることができた。兄も言葉にこそ出さないが、同じ悦びを祝うのであろう、姉がふと挿んだ会話にも、それが察しられた。

「静岡のお父さまもこれでご安心なさるでしょうね。民三さんもあの時は随分ご心配をかけたんですもの」

「あの時って、何ですか」

「あら、お父さまは管長公に辞表を出すなんて、仰言って驚いてらしったでしょう」

大学三年の時だったが、知人の葬式に帰省した折、故郷の警察署に検束せられて、地下に潜った例の左翼作家の住所《アド》を、文通をしていた者として、知らない筈はなかろうと調べられたことがある。幸に二日の拘留ですんだけれど、その事件を、天理教の分教会長をしている父親は、田舎のこととて非常に苦に病み、信徒のてまえにも、大和の天理教本部に進退伺いを提出すると言う程の驚愕のしかただった。しかし、この事件を兄やその実家に知られては面目ないとて、東京の兄には秘密にするのだと、民三も懇々と言い含められた。それなのに、何処からか姉の耳にもはいっているのならば、東京で秘密に実践していたことも、案外、黙って承知していたのかも知れないと、そう思わなければならない。そうかと言って、この際打ち開けて、笑い話しに流してしまえばいいのだが、何か胸につかえるものがあって、自然に表情が硬張った。が、姉もはっとして巧に話を転じたので、彼も滑り込むように再び陽気に戻ったのだった。しかし、己の痛い秘密を、兄達が全部握っているのかと、芯の縮まるような寒々しい思いで、寝つきが悪かった。

風が強くて睡りが浅かったせいか、玄関の方に女中に代って、姉が奥から出て来る気配や、兄を起しに行くらしい階段を登る足音が感じられて、民三は心臓を蹴られたように跳ね起き、急いで廊下に顔を出した。応接間に招じられる二人の屈強な背広の男の後姿がちらと見える。怪しく胸が鳴って、慌てて床をたたみ、押入れに投げこんだ。その途端に、一人の男が廊下の襖を開けてはいり、出し抜けに、××署からだが、少し調べたいことがあるけれど、どうだ、思いあたることがあるだろうな、と微笑しながら言った。

——なくもありませんが。来たな、とその瞬間に覚悟したから、相手の微笑に釣られて、そう答えたものの、何処に自分が立っているのか感覚を失したようで、その男にならい、そこに萎れて坐った。男は六畳の壁に立てかけた本箱を詮索して、三四冊の書物を引き出し、それから机の中味を掻き廻わして、手紙類を畳の上に撰り分けた。民三は茫然とそれを眺めていたが、その堆い手紙の束の中に、恋している愛子からの手紙が何本も無造作に投げやられてあるのに、うろたえて、機械的に戸棚から風呂敷を取り出し、手紙の束に掛けた。その拍子に、男も立って押入の中を覗き込んで、何もなかろうなア、と小声で言った。

民三はちょっとは出られないぞと思うと、却って落着いて腹が据ったように感じられたが、兄や、特に姉が仰天していることであろうと、その不安で全く重苦しくなって、兄の前に行き、「もう転向しているのだし、行って話しさえすれば直にも帰れますから」と、己の闘争経歴を隠さず自白して安心させてやりたい衝動に、じっと坐っていれなかった。そこへ、もう一人の背広が兄に連れられてはいって来たが、民三は兄の不断と変らない穏かな容子を、先ず見て取った。姉も奥の方から急ぎ来て、

「民三さんはお早くごはん召上った方がよくはない？」と彼にとも、兄にともつかずに呟いたが、その表情も軟く、調子にも刺がないので、彼はこちらから微笑しながら頭をさげて、朝の挨拶をかねてお詫びと感謝を伝えようと努めた。

「如何でしょう、支度ができるまでこちらでお待ち願えませんでしょうか」

兄は背広の男達を食堂の方に案内した。十月にはいったばかりではあるが、夜中からの暴風で、急に膚寒くなって、他の部屋にはまだストーブの用意がないためだろうが、彼は気詰りで、

落着くんだと力んでみても、食欲はなく、様々な想念が軀中を駆け廻わるようだった。——研究所に電話をかけて欠席の届出をしなければならない。持参す可きものは何と何であったか、友人達から何度も聞されてあった筈である。このことで馘になるかも知れないが、何をしたらいいか、それは向うで緩り考えればいい。愛子の家ではこれで結婚に反対するだろう。国の親爺はいよいよ教会長を辞しなければなるまい。兄や姉は困却した様子も見せないが、後では一悶着あって、兄が無益に苦しむだろう。兄は二人の男を相手に夜来の暴風のことを呑気に話している、今三人の前に、担当していた仕事を一部始終ぶちまけたらば、姉も思ったより事件の簡単なことを了解して、却って気を鎮めてくれるであろう。しかし、問題になっていることは一体どれだろう、そして誰の関係だろうか——

実際民三は二度も三度も立って電話室に行った。姉は食堂から女中を退けて、自らお給仕をしたり、騒ぎに起きて来た小さい娘達にも、民三さんのお友達よと、見知らぬ男について説明しているのに、「姉さん、何でもありませんから安心していて下さい」と二三回繰り返す。いよいよ支度が終ると、兄の前に立って、「申訳ありません」と頷垂れて、何か続けて言いそうである、それを圧えつけるように、兄は言った。

「研究所の方は心配するな。静岡の家にも知らせない。お前の知った処へは、帰るまで旅行中にして置く。何れ着換えや必要品は届けよう」

姉が紙やハンカチや細々した物をまとめて、その上十円紙幣を渡してくれたが、民三は二人の男と並んで、風のまだおちきらない戸外に吹き出されながら、出掛けた後に、姉がいつもの調子で、家の不名誉だとて、どんなに憤って、実家に帰るであろうと、思いやった。この数年間の兄夫婦の生活を、直接間接に観ていた彼には、この場合それが何より悲しく辛かった。兄の杉野は直にも××署長を訪ねて、それから、研究所の所長に会わなければならないと思ったが、寝不足ではあり、やり場のない憤怒が残って、妻の芳枝に言った。

「民三も意久地のない奴だ」

この場合、弟の検束せられたことは、彼には意外のことではない、恐れていたことが、反対に、遅く実現したに過ぎない。それにしても、音楽が好き、芝居が好き、若者に似合わず食べ物や着る物などにも面倒な趣味を持ち、言わば、産れながらに小ブルジョア的な性情が膚にまで滲みついている弟が、まだ一人前の教養も知恵も備えない前に、尻に鞭をあてられたように、ただ一途に実際運動に駈けだしていったのを、遮り止めて、よし思想を生きるにしても、彼らしい生き方に過失を踏ませずにできたろうにと、わが努力のまだ足りなかったことにわれながら腹が立った。あんなに妻の眼を盗んでまで、色々抽象的な議論を、歯の浮くように吹きかけて来たのに、自己の問題としては相談らしく持ちかけてくれもせず、こちらから進んで探ろうとすれば常に後込みした弟の、若い傲慢さにも我慢ができなかった。それは、次の世代から不信のしるしを突出されたような頼りない不快である。それならそれで、いざ拘引されるからとて、立派な覚悟を示せばよし、弟の態度には女々しい動揺が感じられた。

「民三さんのような綺麗好きな方はお困りになるでしょうね」

「本人には薬になるさ。だが、こんなことは本人だけの問題にして、他の者は忘れてしまうのだな」杉野は妻の感ずる世俗的な苦痛を慮って言った。

「でも妾、無花果を食べさせて上げて、心残りがありませんわ」

「無花果だって？」

芳枝は何の不幸も起きなかったかのように、説明するのだった。フランスから帰る時、友人のアルマンが二人の果物好きを知って、記念としてフランスの特産、無花果と葡萄の苗を数本持たせてよこした。葡萄は苦心の甲斐がなく、遂に芽さえ吹かずに失望させたが、無花果の方は裏の土蔵の横に、二本ともすいすい延びて大きい枝葉を拡げていた。幹が成長しても実を結ばぬことを、移植した文化に準えて諦めていたが、意外な時に五年目の今年丹精の結果のように、十数箇の実を葉蔭につけた。民三は早くもそれに目をつけて、フランスの香がするだろうと、熟するのをたのしんで、前夜も食べ頃のがあるからお祝いに摘取ろうと主張するのを、もう二三日とやっと思い止まらせたが、今朝の風で殆ど振り落されて、それでも潰れないものを食べさせてやったのである——この話の長閑さよりも、妻の話し方の落着いた素直さに、杉野は安堵し、不思議な感動を覚えた。

二

市内に出て見ると前夜来の暴風が意外に強烈なものであったことが解った。自動車の運転士は、街々で見た被害の情況を得意に話すが、諸所の街路樹が傾き、板塀が倒れているのが、何度も車の窓をかすめる。それどころか、京阪地方の被害が東京の大震災を思わせる程甚大であると、号外の片《ビラ》が詳報を街に散らしている。警察署長の話では、民三は転向しても、四五週間は少なくも釈放せられるものではないと言う。ままよ、妻や田舎の父も災難だったと諦めて、これから起きる様々な面倒な事情を受け容れてくれるだろう。関西地方では一夜の暴風で数千の死傷者を出したと、号外の鈴が鳴っているではないか。——

彼は大阪の妻の実家の安否も気にかかったが、被害の甚だしいのは労働者街であると報じているし、資本を持つ者が一般に大天災にも難を免れるばかりか、その天災からも利得を獲るようになることを知っているから、その点安心して、ただ疲れた軀に、気弱い考を揺って、経済研究所の方に向った。

有爵議員である所長は、民三の事件を報告しても別に驚きもしなかった。杉野は、かつて弟の就職を依頼した時、急進思想を有する議員ではあり、一高時代からの親友でもあるから、気をゆるして隠さずに、弟が左翼団体に多少関係のあるらしいことを、予め打開けてかかった。

所長は、われわれが学生時代にベルグソンやオイケンや西田博士に夢中になったようなものさ、と、さも何でもないことの如く歯牙にも掛けなかった。しかし本人に対しては、口頭試験と言う名目で、その点を厳しく追求した。民三は悪びれず、プリント部に属して、ガリ板をキル役を引き受けて居たことをすらすら述べて、脱落した理由や現在の心境を告白した。所長は、自白する以上に深入りしていたのかも知れないし、又現在も断れないものがあるだろうと、疑念を抱いたが、上からの連結が切れて一年もたつと言うし、こう素直に申したてられるならば、先ず大丈夫だろうと計算した。そして、一方杉野には弟を下宿から家に引取ることを約束させ、他方自らも、民三の入所以来、それとなく監督の目を離さないように心掛けて来た。と言うのも、このまま清算しおおせるにしても、一回の取調もなしに終ることは期待できないことだし、調を受けるのならば、本人に最も良い時期を選んで、無傷に衣を換えさせてやりたい、そう念じたからだった。

「近頃、時々民三君の処へ変な男が訪ねて来ると思って、実は怪しんでいたところだ」

「変な男だって?」杉野は思わず声をはずませた。二ケ月ばかり前だったか、或る日、弟の所へ変な男が電話をかけて来たと、妻から聞かされて、その後ずっと注意していたが、怪しいことも起きなかった、それを思い合わせて、驚いたのだが。

「どうも一度組織に加わると、脱落させまいとするらしいんだな。それに民三君も多少ともまあ月給を取るようになったし、資金関係からだって目がつくだろうしな」

「今でもそんな組織が残ってるか、僕はもうすっかり潰えたとばかり思ってたが」

「死にもの狂いだろうな、まあそんな訳で、ただじゃ済むまいと心配してたんだ。しかし、本人は転向しているし、一度行って綺麗さっぱりして来た方がいいな。僕の処も今なら閑暇だしさ、僕の議会にもまだ間があって、余り迷惑もないしさ、他方本人だって本所員に昇格して、気が張っている時のことだから、却って仕合わせなくらいさ。ただ突然暴風があって、京阪が荒れようとは意外の廻り合わせだったがね」

「もう転向しているのか、僕は知らなかった」

杉野は、旧友が朗な笑を混えて話すのに加えて、晴れやかになる可きなのに、妙に心が重くなった。旧友の言葉は不思議に署長の言葉と同じ響がして、胸が圧えられるようだった。

——一度充分清算した方が本人のおためですな。お勤めの研究所の方は病気欠勤になさって、安心していたらいいでしょう。そう署長も言った。

「本人が転向していると言うなら、誠にだけはしないように頼むよ」

「いや僕は早く清算するのを願ってたから、これで済めばそれでいいんだ。議会の会期中だとこんなことでも煩いからね。ただ他の所員の手前、お国に病人でもあって帰ったことにして置くんだな」

旧友は所長らしく、民三が今朝のような場合にも、電話で、出勤できないからと同僚に仕事の経過を述べて代りを頼み、所の方にも当分欠勤するからと届出た周到な用意を、大変誉めた。

同時に僅か半年でこうも研究所の気風に同化させ得たのは、わが研究所の強味であると、陽気に自慢もした。

「僕の方から早く出れるように手を尽すから、君は安心して、まあ二三週間待ってるさ。民三君をあんな風にしたのは、君にも責任が大にあるよ」

そう肩を叩かれて、忙しそうな友を辞した。勿論これで弟も失業する憂いはないのだが、杉野は安堵して喜ぶどころか、反対に、署長からも、所長からも聞かされた、同じような言葉を反芻して考えるのだった。

――馬鹿気たことを、偉大なことでもするように興奮して、喜んでしていたまでですよ。何でもありません。若い時の過失ですよ。

彼は、こう言って呑気に笑ったこの二人の声が耳に響き残って、後の方から………いるような嫌悪を感じたが、作者はその時の得体の知れない怒の情を、伏字なしに書くことのできないのが遺憾である。

二三日するとずっと寒気が増した。留置場の朝夕はどうであろうか、吐く息の白さにそれを想った。芳枝もセルの着物で行ったことを苦にして、袷や毛糸のシャツを差入れなければと、経験者から問い合わせて、甲斐甲斐しく手拭を何枚も二つに裁ち、塵紙と一緒に風呂敷包に入れたりした。思想問題に理解も同情もなく、弟の議論にも傍で面をしかめた妻が、こうした細い心使いをするのも、ただ女に独特な心情からだろうと解して、彼はその包を抱えて署に出向いた。

二階の特高室に行けと言われて、制服の警官の屯《たむろ》している部屋を案内もなく横切り、階段を上るとその特高室につきあたった。ノックしたが応がない。開けてみると、余り広くない部屋に、数人の背広が行儀悪く立話をしたり、新聞を拡げたりして、雑然たるものである。皆威めしい特高であろうが、若くて何処にも見受ける安い月給取のような人々である。——係りの刑事の来るのを待てとのことで、隅の机の上に包を載せて、椅子にかけることにした。部屋の中央に割合に大きい卓子と廻転椅子がある。特高室にも課長があって、監督の目を光らせているのだ、と言う当り前のことが、彼には実に珍しく、滑稽に思われて、背広の人々に親しめそうな気がした。

一体留置場と言うのは何処にあるのだろう、向う側の刑事のよく出入りする戸口の向うだろうかなどと考えながら、茫然と窓を越して晴れた秋の空を眺めていた。目に泌みる程澄んだ空に、三つ四つ凧が長閑かに小さく浮いて見える。沈んだ耳に凧の唸が高く高く響いていた。突然、彼は向う側の出口から一人の無様な恰好の若い女の出るのを見付けた。女は沢山の背広達を全く無視した如く黙って、戸口に近く置いてある大火鉢へ近づいた。急須に茶をいれて立ったまま飲み始めた。よれよれのセルの着物を二枚重ね、釣糸のような細紐をしめて、足袋もはかずに、冷飯草履を冷々とひっかけている。まだ娘らしい女のこのうらぶれた姿は、階下にでもあるのだろうが豚箱——と言う表現が、誇張ではなく感じられるものを付けていた。彼は好奇心から女の動作にじっと目を置いて観察していた。ふと女は顔を上げた。その拍子に、女の視線が彼の視線にかちあって、火花を散らしたようだった。彼ははっと息の根の止まる思いがしたが、女も愕然と表情を変え、狼狽して、窓の方に向いて背をこちらにしてしまった。

——確かに松井菊子と言った筈だ。あの理知的な大きい目は一度見たら間違いっこなしだ。彼はそう考えた。

満洲事変の直後だったと記憶する。大阪の両親が観菊の御宴に召されて、出て来ている日だった。しかも、シルクハットの毛並に刷毛を丁寧にかけながら、迎えの自動車の遅いのを待っている時、その日の澄んだ美しい娘が、思想問題で大学を去った旧友、空見教授の紹介状を持って、彼の書斎を訪ね、党の資金に寄付を強制したことがある。彼は、その娘が学校を出たばかりの苦労知らずの調子で、ずけずけ物を言うのに呆然として、きっぱりその申出を拒絶した。娘は盛に時勢を説いて、僅の金をも出し得ない卑怯を詰じり、さては、広い屋敷に住む彼のブルジョア的生活を嘲笑し、橋を渡れない作家の小説に何の価値があるかと罵倒した。

杉野は小説こそ書いているが、専門は実証経済学であったから、時勢がどうか、マルキシズムが何か、百も承知していた。ただ、長く欧洲に生活して、高い文化の種々相を享受していたし、ギリシヤやローマなどで人間の遺した芸術の偉大さに感動して、憑かれたように、これこそ安心して生涯をかけられると、学問を創作に代えたのであるから、芸術も教養も境遇も感情も何も彼も脱いで、真裸に鉄製の仕掛人形の如く一方にのみ向って飛び出す真似が、たとえ病気でなくても、できそうもなかったまでである。まして、百円や千円の端金を寄付することが、大袈裟にも歴史の運行を速めることに資すると芯から信じられれば、進んで投出もしよう。しかし、その結果がどうであるか、特に日本では、滑稽なほど瞭《はつき》りしている。業病と闘いながら創作しつつ、せめて思想をどう身に著けるか苦しんでいるのに、つべこべ上調子に囀ずるような娘も煩わしかったが、薄ぺらな娘っ子をそんなことに寄越した空見教授の不謹慎な仕打にも憤って、その女闘士を怒鳴り返えそうとした。

その時、偶然庭の芝生の方から、六つと三つになる娘達の遊ぶ声がして、そのために、不断から感じている女の子の哀れさに心項垂《うなだ》れ、自然にその女にも同情して、諄々《じゆんじゆん》と自己の態度を説いて聞かせたのだった。すると、娘は顔をハンカチでおおい、暫くの間涙をおさえ切れない風情をしていた。何故泣くのであろう、泣くことがあるのか、的の誤ったことを笑って朗に帰ったらよかろうにとじれったく思いながら、鋭く観察していた。その後も、折にふれてこの女を思い出し、何故泣いたのだろうかと同じ疑問を繰ることがあるが、或る時空見教授と等しく左翼団体に関係のある旧友に会った時、そのことを訊ねると、友人は可笑しさを堪え切れなそうに、答えるのだった。

「君が女に甘いと見て泣きの手を使ってみたまでさ、屹度」

杉野は、しかし、友人に笑を応えられない程悲しく、その女の仕打を色々推測した。この雲脂だらけの髪をつかねて、かさかさした顔をした女が、その松井菊子と名乗った女闘士であると解ると、隣の机で書きものをしている刑事にそっと訊かずにはいれなかった。

「あの女の人はどうしたんです」

「隣の部屋で手記を書いてるのです。前に一度来て転向して出たのですが、此度は二度目で、三月もかかってますがね、民三さんも長引いても一回ですっかり清算して出た方がいいですな」

――態をみろ！　彼はそう叫びたいと思うものの悲しい同情が胸一杯になった。

取調がまだ済んでいないからとて、民三には面会できずに、差入物を託して外に出たが、目に痛い程空が光って、ラジオの野球放送が明朗にどの店からも響いていた。彼は松井菊子のことから腹のよれるような笑がこみ上げて来た。……………………安洋服を着た単なるサラリーマンで、三時のお茶の時には食パンをくわえて早稲田が二点いれたと、たあいなくはしゃいでいたではないか。それを、あの人々も尤もらしく、手記の何のと垢だらけな顔を悲痛にさせたりさせられたりするなどとは、その奥を考え突けば実に不思議な可笑しさである――彼は擦れちがう人々に訝《やっ》かられないように笑を噛んだ。

こうした滑稽を、妻に詳しく解剖して説明したらば、弟の場合をも理解して、笑ってすませてくれるだろう。そう考えて、家の門にはいると、客間からピアノが聞える。古い楓樹《ふうじゅ》の下に佇ずんで耳をすませば、どうやら妻のらしい。ショパンの変ロ調のソナタ三十五番のスケルツォからマルシュ・フュネブルに移るところ、そこの音の緩慢な流れ方は、奏する場合に余程穏な心の態でなければ、普通乱れるものである。妻が苛立つ気持をピアノを叩いて整える習慣を知っているが、この大曲にかかって、しかも、その音の調子では何も説明するまでもなかろうと、彼はほっとした。

「民三さんはお元気でした?」

「会えなかったが、皆案外良さそうな人々だったから、安心した」

「先程静岡のお父さまがお寄りになって、又今夜、遅くお泊りにお出になるって、仰言って、まいりました」

彼は先程の明るい心が急に曇ったようだった。しかし、妻は穏に語った。それに依れば、父親は関西地方の罹災民に送る義捐金の募集に、部下の教会を廻っていて、今日は××支教会へ行ったのだった。父親が幾時寄っても、神酒を二合つけることが、杉野の家の習わしであるが、それを老父も楽みにして、東京に来さえすれば、先ず立寄る。その日も最後の盃をほすと、掌に最後の四五滴を落して、短い白髪を丁寧に撫で上げ、勿体ないことですと、繰り返しながら立ち上った。便所らしかったが、通りがかりにでも書生部屋の襖を開けて見たのか、座に戻ると不審そうに言った。

「民三は元気でいますかな。色々お世話になりまして――」

妻はどう答う可きか迷った。どうせその晩泊れば解ることだが、突嗟に、研究所の方から被害地の実地調査に出張したと言う嘘が出た。嘘を言ってしまって、はっとしたが、父親は「近頃は赤い方は手を切ったようですかな」と、何気なく憂深い顔を上げた。宗教家に独特な敏感なもので、肚の底を見透かされたように、寒々としたが手を切ったらしいことを一心に説明した。

「二三日夢見が悪いし、あれから手紙がないものですから、家内が心配しましてな——」

父親はそれでも呟いていて、安心させるのに骨を折ったが、遂に、「あれが何事もなく済んだのも大神様のご守護だと悦んで居ります」と安堵して出て行ったと言う。

「本当にお父さまは神様のような方ね、民三さんは罰当りですわ」

芳枝は笑って話を終ったが、不断ならばこの時とばかり、目前の不幸を訴え、埃を立てるような妻だったから、彼はその穏かに落着いた処置に、感謝したかった。そして言った。

「松井菊子って娘を署で見たよ」

「松井菊子ってどなたでしたっけ」

あの時、突然妻がノックして書斎にはいって来たのだった。松井菊子はあわてて涙を拭い歪んだ笑を顔一杯にして、朗かな声を挙げ、「色々外国のお話愉快でしたわ」と長居を詫びて去ったが、妻は部屋の空気を感じ取り、同情者《シンパ》に引きかかることに顫えて、何でもなしに娘の帰ったことを納得できずに、財布を机の抽出から取出して中味を検査したり、膚を剝ぐような探り方に、彼も口論をして熱を出し、妻も両親と大阪に帰るというような騒動を起したのである。

しかし、もう妻にはその娘の名さえ記憶にないらしいが、それならそれで、益々、娘のことから弟の事件をも説明して安心させて置いたら、そう彼は考えて、見て来たことから、語り始めた。――

三

民三の居なくなったことは杉野の家には、歯が一本抜けた程のことでもないように、子供等まで噂にしなかった。彼も妻の心の沈澱しているのを、そっと荒立てたくなくて、その後は努めて弟の話に触れなかった。弟も覚悟していることだろうし、心を砕くこともなし、身につけるものはつけて矢張りどの体験も無駄ではなかったと、卑屈にならずに頭を上げて出れるようにと願う傍ら、底冷のする近頃、不潔な留置所で健康を損うことのないように、秘かに祈っていた。

或る朝思いがけなく経済研究所長から電話だった、でてみると、民三が取調も完了して、手記の執筆中であるから面会もできると言う報告である。ほっとして電話では礼を述べたが、旧友の所長が所謂当局と何等か連絡でもあるような疑問が、益々濃厚に翳して、心がはずまなかった。

「もう十日もかかるまい」

「そんなものだろうかね」

「もしもし、それでね、会いに行っても、余り時間を取ってはいけないそうだ。それだけ手記が遅れる訳だからね」

「ありがとう。君は今研究所からか。うん――」

これが所長の親切と言うものであろうか。就職する時に親友として、自分の疑惧を述べたことが無意識に弟を裏切り売った結果になるように、所長が親切と心得て取計らったのではなかろうか、如何に急進的であり親友であっても、貴族は貴族だった。この疑惑は、まだ遠い議会を気にしていた所長の言葉と共に、圧えても圧えても頭をあげて、彼を愉しませなかった。

芳枝は民三が果物が好きだからとて、葡萄の箱を買い、栗を茹で、柿を添えて用意したが、杉野は遊山に行ってるのでもあるまいし、と、不気嫌にそれを持たずに、××署に出向いた。弟に対しての不気嫌ではなく、打ちつける的のない苛立ちだった。警察署の玄関前には、物々しく自動車が三台並んでいた。帽子の頤紐かけた制服が数人大股で出て行った。彼も怪しく緊張した。

「民三さんですか。市電の争議であの人々の面倒も見てやれなかったですが、可哀想なことをしました。面会なら出来ますよ」

係りの刑事は困ったような表情でそう告げた。杉野は隅の方の椅子に掛けて待つことにした。背広の男達は興奮して掛けている者はなかった。睡眠不足だとか、朝食も食べなかったとか、不平を訴え合い、しきりなしに電話のかかるのを臆劫そうに受話器を外していた。課長の廻転椅子に主がいないからであろう。その騒ぎをよそに、彼の向う側の卓子に、一人の五分刈りの若い男が、鉄筆でせっせと書きものに精を出している。鉄縁の眼鏡をかけて、蒼白く浮腫んだような丸い顔には生気がなくて、セルの襟は汚れていた。何者であろう。男は立って、自分の家のもののように戸棚を開けてカーボン紙を探し出した。その戸棚の下段には、食パンが不調和に一二斤のっている。男は釣糸のような紐が着物の前を合わせないらしく、無器用に二三回棲を引いた。矢張り手記を書く者だろうか。

「原田さん、検束者の本籍地を、こっちの紙にも一々書き加えて置きますか」

セルの着物は、原田さんと呼ばれた若い背広に代って、その朝の争議団の検束者の報告書を作っているらしかったが、背広がバットの箱をぽんと投げて、一ぷくやれよ、と呼びかけても、筋一つ表情を動かさずに、火をつけて虚ろに窓の方を眺めていた——

杉野にも寞々たる思が伝わった。外の空を映して若者の顔には蒼い陰が深かった。向うの出口から、ひょっこり弟の民三が出て来た。カーボンをとっている男と同じセルに細紐と言う装いからのみではなく、全く同じ場所から出て来たせいか、全く同じ無表情な恰好で檻から突然引出された獣類のように、目を赤く光らせて、きょろきょろ周囲を見回わしている。杉野は微笑んでみせた。

「姉さんは驚いて慍っちゃいませんか」

弟は横の椅子に腰をおろすと、表情を歪めて先ずそう質《き》く。杉野はそれに対して打切棒に言った。

「どうだ、大変か」

留置場に睡眠不足でずっと端座させられていると、ふと夢とも現《うつつ》ともつかない不快な幻想の中に陥ちこむことがあるが、民三はそんな場合、姉の怒った顔が真近く現れて非難の声を浴びせたかと思うと、それが母の顔に代ったり、愛子の啜泣に変ったりして、驚いて目覚めたことが何度あったか知れない。その都度、己の不甲斐なさを恥じて虚空を睨んだものだが、さて、兄の投げるような答で、姉の幻影が現実であったような錯覚から、兄に頭の上らない思がする。

「前の晩に鮨を食べて来たもので、下痢して弱ったが、もういいです。留置所で下痢したら地獄ですから――」

「手記を書いてるそうだが、それなら今少しの辛抱じゃないか」

「今下書きを三分の二ぐらいしました。一日に二十枚は書けないんで――」

「まあ作文を書くようなもので、それじゃ楽だな」

「市電の争議は幾時終りますかね。ううん、悪い時に争議が起きたもんで――」

争議中は手記を書くのを監督する刑事が不足して、手記執筆中の九人は、そのために留置場から出されないから、それだけ遅れるのだと言う。その不平を漏らすかと思うと、その次には、鉄縁の眼鏡の男の闘争経歴や、その頭脳の明晳で思想の把握の確かなこと、一年近く留置せられて、手記も終って二ケ月にもなるが、まだ検事局に廻らないことなどを崇めるような調子で囁く。そんな調子は、杉野の心構えや期待に応えるものではなく、妙に癇にさわった。

「お前の顔もあんなに蒼くふくれてるぞ」

「此度来る時に安全カミソリを差入れて貰いたいな」

掌で髯面を撫で廻わして、気にしている弟が、思想の問題をここでどう膚につける苦悩をしているか、それをちょっとでも知りたいのだが、弟は一から十まで上の空で、心もとなかった。

「果物か何か持って来てくれなかった？　うちの無花果はもう食べてしまったかしら。一つも味を見ないで残念だなア。兄さんは餡パンの本当の味を知ってる？　甘いものの夢をよく見るのだが、二三日前に、誰かの処へ差入れの餡パンをご馳走になったが、それを次の晩に夢にみて、醒めても唇をなめ廻わしているのですからね――」

よく思想問題で突きかかって来た弟であるから、これはてれかくしに、白ばっくれて嘯《うそぶ》いていると解釈するより他にない。それならお互にじくざくした言葉で心を擦り合うことである。それが辛くて、帰りかけると、面会人の居る間は階上に留まれるから今暫くと、無理に引止める。居残ったが、さてこちらからは言う可きこともなく、彼は気詰りな沈黙に陥ちた。

――兄さんが来たのだから何か奢ってもらったらどうかと、係りの刑事の言葉に従って、カツレツ弁当に、オムレツ、味噌汁、紅茶、バナナを下の食堂から運ばせて、貪り食べる容子は、健康そのものでたのもしく、このくらいにして置くかなアと、独言しているのが可笑しかったが、本人は初めて満足したように、

「研究所の方は忙しいでしょうね。関西の被害の実地調査などで、皆頑張ったろうな。うちの所長に会った？　兄さんは」

「議会までに出ればいいとさ、心配しなくてもいいよ」

「出たら人の二三人分も働いて取返してやるんだ。所長は解ってくれる筈だが、死んだつもりでもりもり働くんだ。自分の時間がないなんて不平はもうないや」

これが転向した弟の本心であろうが、その感慨の仕方が仰々し過ぎる。それに、弟がそう言ってから、ちらと前の鉄眼鏡の方を見て、顔を歪めたのに気付いて、彼は独りで井戸に陥ちてゆくような寂しさを味った、しかし、当の男は顔も上げずに鉄筆を走らせていた。

「姉さんは悲観したり、怒ったりしているでしょう。僕は姉さんには一番面目もなし、申訳ないと思ってます。ねえ、大阪では損害はなかった？　大阪から誰も来ませんでした？」

「こっちでは今度のことを誰も大事件になんか取っていないよ。お前独りで興奮しているのはみっともないな。事務的に考えればいいんだ」

彼は弟が自ら大袈裟に小英雄らしく感じているものと受取り、我慢できなくて、冷水をかけるような言い方をした。弟は意外の返答に、寂しそうな顔を向けたが、誤解して硬張った兄の心を、どうにか軟める会話をあれこれ探して、

「ねエ、兄さん、色々の人がはいって来て、観察していると随分面白いですよ。屹度兄さんなんか、小説の材料になるようなことが多いと思いますが——」そう言ってから、言ってはならないことだったと、直に又話を変えて、

「そうそう、兄さんを知ってる女の人が手記を書いてますよ。女子大を出た——」これもいけ

ないと途中で言葉を呑んだ。

「本人がそんなことを言ってたか」

「ええ、空見教授の紹介状を持って行ったとか話していましたよ——空見さんも今未決にいるそうですね。」

そんなことまでしゃべるのか、あまのじゃく！　杉野は今こそ嘲笑して、唾をかけてやれと思った。

——知ってるのオ、貴方と妾と二人ですもの、どんな場合でも妾の口から洩れる筈はなし、貴方に御迷惑を掛けることなど決してありません。

あの時、十円はおろか五十銭銀貨一枚でも、党の収入になることを知りつつ差出したらば、どんな目に遭うか、解り切った結果を詳しく話して聞かせたところ、松井菊子は、そうあんなにも口幅ったい言葉を放って威嚇したのだが、今日はそれなら、しおらしく関係を持った人々の名前を丁寧に書き並べているのだろう。

杉野は消え入りたい気持で立ち上った。係りの刑事に弟を夕方まで階上に残して置いてもらうように頼んだ。弟は戸口で躊躇して囁いた。

「愛子さんから電話かからないかな」

「かかったらしい。被害地へ旅行したことにしてある」

「手紙を押収されてるんで心配だけれど——」

「心臓問題じゃお上だって転向させる必要もなかろうさ。言伝ならするよ」

肩を叩いてそう言ったが、弟は苦笑した。その悄々たる容子に、今度は好きな果物を持って来るぞと、慰めなくてはいられなかった。

杉野は外に出ると、体が疲れて熱ぽく、様々な感情が統一できなくて、体中に激しく流れるものがある如く、できたら走りでもしたかった。――自分が書斎で遅々と肉体に苦悩を彫んでいたことを、怯懦だと常に侮った弟たちの驕った若さが、あそこでどんなに損われ萎びてしまうか、若者らしく時代の傾向を本能的に鋭敏に感受してマルキシズムに摑まったが、又次の時代を同じ敏感さで容れて、あそこで転向をするのであろうが、それなら思想とは何であるか、何が若い弟に残るだろうか。彼は重い足を引ずるように、心の貌をもてあました。家に帰っては、ベランダの絨緞の上に疲れた体を接かに臥せて、穢わしいもののように、次々に形をとる感情や観念を砕きすてようとした。

しかし、面会の様子を知ろうとして、妻はいろいろくどく質問する。

「お前を驚かしたろうって、心配していた。何でもお前に申訳ないって、恥じて何度も詫びていたよ」

「麻雀賭博か何かで引張られたんじゃないもの、恥じなくったっていいじゃない？　可笑しな民三さんね。あんなに威張ってたくせして――」

「お前に心配かけたり、そのために家庭争議が起きたろうって気にしていたよ」

「厭だわ。あそこへ行って転向して来るのが、近頃の常識ですもの、いくら何だって吃驚《びっく》りなんか——」

「いいさ、今じゃ家の無花果を食べなかったのが残念だなんて、食うことより考えていないらしいものな」

「あら、あの朝みんな召上ってらっしたくせに。味も解んなかったり、食べたことを思い出せないほど狼狽《あわ》てるなんて、民三さんらしくもない、意久地なさ過ぎると思うわ」

「そうそう、食べてったな」

妻の笑いに誘われて、彼も起き上り椅子に掛けた。

「お前がこんなに呑気に構えていようとは思わなかったんだろうさ」

「だって、何年もおずおず顫えている間に、自然に滲みちまったんでしょうね。それより、刑事ってみんなあんなに若いの、まだ女遊びでもしたい位の——」

妻の落着いた態度は、彼にも奇跡だった。若者を次々に転向させた時勢が妻を安心させたのであろうか、それよりも、人々は挙って転向し、一過したと言われる思想の風の足跡を思いがけない所にも見出したような気がして、彼はふとジードの小説の中の文章を思い出しながら、妻の顔を熟々眺めた。

「……人間と同じように、観念は生きている、観念は闘う、そして死にもする、勿論観念は、人間を通じてのみ知り得るものと言えよう。それは風が、それに吹き靡く蘆《あし》によって知り得られるものと同様である。だが風は、蘆より矢張り重要である。」

「……観念は人間によって存在する。だが、そこが実に悲壮なところだ。観念は人間を犠牲にすることによって生きているのだ」

杉野は観念と言う文字を思想と読んだのだった。


〔1935（昭和10）年「中央公論」6月号 初出〕

P+D BOOKS ラインアップ

P+D BOOKS ラインアップ

（お断り）

本書は1997年に新潮社より発刊された『芹沢光治良文学館9 短篇集明日を逐うて』等を底本としております。

あきらかに間違いと思われるものについては訂正いたしましたが、基本的には底本にしたがっております。また、一部の固有名詞や難読漢字には編集部で振り仮名を振っています。

本文中には肺病、気違い、毛唐、下男、看護婦、野蛮人、支那、部落、淫売、聾、樵夫、盲、百姓、女中、未亡人、女々しいなどの言葉や人種・身分・職業・身体等に関する表現で、現在からみれば、不当、不適切と思われる箇所がありますが、著者に差別的意図のないこと、時代背景と作品価値とを鑑み、著者が故人でもあるため、原文のままにしております。差別や侮蔑の助長、温存を意図するものでないことをご理解ください。

芹沢 光治良（せりざわ こうじろう）
1896（明治29）年５月４日—1993（平成５）年３月23日、享年96。静岡県出身。1965年『人間の運命』で第15回芸術選奨文部科学大臣賞を受賞。代表作に『巴里に死す』『愛と知と悲しみと』など。

P+D BOOKS とは

P+D BOOKS（ピー プラス ディー ブックス）とは
P+Dとはペーパーバックとデジタルの略称です。
後世に受け継がれるべき名作でありながら、現在入手困難となっている作品を、
B6判ペーパーバック書籍と電子書籍を、同時かつ同価格で発売・発信する、
小学館のまったく新しいスタイルのブックレーベルです。

ブルジョア・結核患者

2023年11月14日　初版第1刷発行

著者　芹沢光治良
発行人　石川和男
発行所　株式会社　小学館
〒101-8001
東京都千代田区一ッ橋2-3-1
電話　編集　03-3230-9355
販売　03-5281-3555
印刷所　大日本印刷株式会社
製本所　大日本印刷株式会社
装丁　おおうちおさむ　山田彩純
（ナノナノグラフィックス）

ISBN978-4-09-352475-9

P+D BOOKS